POISON

POISON

Doric Germain

Prise de Parole
1985

La maison Prise de Parole se veut animatrice des arts littéraires chez les francophones de l'Ontario; elle se met donc au service de tous les créateurs littéraires franco-ontariens.

La maison d'édition bénéficie de subventions du Conseil des Arts de l'Ontario et du Conseil des Arts du Canada.

Conception de la couverture: 50 Carleton et Associés.

Ce livre a été écrit grâce à un congé accordé à l'auteur par le Collège Universitaire de Hearst.

CHAPITRE I

Andréanne vit le jour à la maison comme l'avaient déjà fait d'ailleurs ses deux frères et sa soeur plus âgés. Il y avait plusieurs bonnes raisons à cela: la famille demeurait au fond d'une concession à quelques douze milles de la ville et une tempête de neige assez précoce pour ce 22 octobre rendait les chemins peu praticables. De plus, son père avait bu plus que de raison pour se calmer les nerfs: c'était son remède contre les émotions fortes et aussi les faibles, les déceptions, les joies, les maux de tête ou de reins, le rhume, la grippe et toutes les calamités que le ciel semblait se plaire à faire pleuvoir sur lui comme s'il les attirait en invoquant dans un langage à faire frémir tout ce qui se trouve au paradis, devant la balustrade de l'église, et en plus forte concentration sur l'autel. De sorte qu'il ne s'était pas senti d'équerre à atteler et que par conséquent sa femme avait dû s'arranger comme elle pouvait avec l'aide d'une voisine. Voisine, c'est beaucoup dire, parce qu'elle habitait au moins à un mille de là: la campagne était peu peuplée et Claude, le plus vieux des garçons avait réussi à franchir les bancs de neige pour se rendre jusque chez elle. Quand je dis qu'Andréanne vit le jour à la maison, c'est beaucoup dire aussi parce qu'elle était plutôt rudimentaire et délabrée l'habitation des Richard avec sa porte de planches qui grinçait, ses murs de planches disjointes emplis de sciure de bois et son plancher de planches inégales - la planche avait dû être bon marché quelques vingt ans auparavant.

Pourtant Andréanne ne sembla pas s'en porter plus mal - ni mieux - et pleura dès son arrivée dans ce monde hostile avec autant d'ardeur qu'elle l'eût fait entre les murs aseptisés de la salle d'accouchement de l'hôpital Notre-Dame. Elle était toute petite, caractéristique qu'elle devait garder toute sa vie, quoiqu'à un degré moindre, cela va sans dire. Elle fut bientôt lavée, langée et déposée sans trop de ménagements dans la couchette où sa soeur avait dormi jusque-là et qui, désormais, devenait la sienne. Sa soeur, Marie-Ange de son vrai nom mais que tout le monde appelait Trésor, prenait la couchette de Paul, plus longue d'un pied et Paul allait rejoindre, le soir venu, son frère Claude dont le lit était de toute façon assez large pour contenir deux gamins à condition que l'un des deux se couchât sur le côté. Ainsi va la vie.

La mère se leva bientôt pour retaper son oreiller et replacer ses draps et en profita pour mettre une bûche dans le poêle à deux ponts, chose que son mari avait tendance à oublier quand le whisky lui réchauffait les entrailles. La voisine fit à souper - j'ai toujours l'impression d'exagérer car je ne parle ici que d'un bol de gruau avec de la cassonade - et se dépêcha de partir pour affronter les bancs de neige avec son fanal. Le poêle ronfla et bientôt les enfants aussi. Le père but encore quelques verres, fuma, toussa, cracha, alla s'allonger sagement contre sa femme sans rien exiger d'elle comme d'habitude et se mit à ronfler plus fort que tous les autres réunis après cette dure journée de labeur. Annette - c'est ainsi que la mère s'appelait - resta éveillée

10

quelque temps puis son épuisement eut raison d'elle et elle sombra dans une sorte de torpeur peuplée de songes absurdes. Pendant quelques heures tout fut calme sauf le vent qui sifflait dans les bardeaux du toit pour couronner la fin de cette belle journée de la vie heureuse et paisible des gens des campagnes que nos poètes et romanciers ont si souvent chantée. De sorte que, quand Andréanne s'éveilla, personne n'entendit sa petite voix plaintive et qu'elle dut se contenter de pleurer seule comme elle allait devoir si souvent le faire au cours de sa vie.

CHAPITRE II

Les deux premières années de la vie d'Andréanne furent relativement heureuses. À cet âge-là, les exigences sont encore peu nombreuses: avoir les fesses sèches et propres, le ventre plein et jouir de l'attention des plus vieux. Pour ses fesses et son ventre, cela allait assez bien car Annette était une maîtresse-femme qui voyait à tout, s'occupait de tout et ne semblait jamais à court d'énergie. Pour ce qui est de l'attention des plus vieux, elle en avait même trop: comment aurait-il pu en être autrement dans une famille de six, bientôt sept, entassée dans deux pièces? Il y avait toujours quelqu'un pour la chatouiller, la mordiller, la bécoter ou la tapoter avec le résultat habituel de la faire pleurer. À six mois, elle savait se servir de ses cordes vocales et de ses poumons pour appeler à l'aide et, à un an, ses poings trouvaient déjà au milieu du visage le nez de l'importun.

Andréanne perdit sa couchette à douze mois pile au profit d'un petit frère, Patrick, vous savez pourquoi? C'est une longue histoire mais elle vaut la peine que je vous la raconte.

Alors voilà. Le cardinal aimait jouer aux échecs avec M. le Premier Ministre de la province de Québec (certains effets ont des causes fort lointaines) avec lequel il s'entendait fort bien. Un jour, entre deux parties chaudement disputées, M. le Premier Ministre soupira fortement. Son Éminence s'enquit de la raison de ce soupir et s'entendit répondre que l'homme politique pensait aux anglophones et aux immigrants qui resserraient leur étreinte sur sa belle province et menaçaient de l'étouffer. Si seulement il pouvait augmenter le taux de natalité des Canadiens français des régions limitrophes comme le Nord de l'Ontario... Ce taux n'était en effet que trois fois plus élevé que la moyenne mondiale. Le digne prélat sympathisa:

- Je suis trop vieux pour y voir personnellement mais je peux peut-être aider quand même.

Le cardinal convoqua les évêques de la zone désignée et les harangua. Les évêques convoquèrent les prêtres de leur diocèse respectif et leur communiquèrent la chose en transposant l'impératif politique en des termes qui leur étaient plus accessibles, c'est-à-dire en parlant du devoir d'augmenter le nombre des enfants de Dieu. Les prêtres retournèrent en paroisse et se servirent des retraites fermées, des sermons et surtout du confessionnal pour faire passer le mot d'ordre aux paroissiennes (et aux paroissiens mais en pure perte car ceux-là n'avaient besoin d'aucun encouragement). Celles de moins de cinquante ans qui n'avaient pas encore leur douzaine bien comptée et qui ne faisaient pas baptiser chaque année s'entendirent reprocher d'empêcher la famille et se virent refuser l'absolution à moins de se mettre au lit tout de suite après la prière du soir (au sens propre et au sens figuré). À ce compte-là, il se créa vite une sorte d'émulation entre les femmes à savoir laquelle ferait le mieux son devoir de chrétienne. Aussi les familles de dix, quatorze ou seize enfants devinrent-elles chose commune. Les Trépanier d'une paroisse voisine en eurent vingt-quatre et ce, sans aide ni remariage. Le même homme et la même femme. C'est sans doute là le plus près qu'aucune civilisation parvînt jamais de la fabrication en série d'êtres humains.

Comme Mme Richard était bonne chrétienne, que son mari était fort complaisant et qu'il avait les sens constamment fouettés par l'alcool, cette histoire commencée à Québec se poursuivit à Hearst et Andréanne gagna un petit frère et perdit sa couchette. Ce sont des choses qui arrivent et, bonne perdante, elle en prit son parti. Mais Trésor était mauvaise perdante et mauvaise coucheuse. Elle prenait toute la place, ce qui n'était pas beaucoup et s'arrangeait pour tirer à elle toutes les couvertures laissant Andréanne grelotter au bord du lit et parfois par terre. C'est alors que la petite apprit à se servir de ses dents pour faire respecter ses droits. De la vraie graine de dirigeant syndical! Trésor eut bientôt quelques marques au dos et aux bras et apprit, elle, à ne prendre que sa part des couvertures. Trêve bien précaire que parfois venait interrompre un hurlement au milieu de la nuit.

Andréanne avait donc une enfance paisible comme celle de tous les enfants de son âge et de son époque. Elle fit très tôt connaissance avec les mouches de maison qui l'agaçaient, les maringouins, les mouches noires et les brûlots qui la dévoraient vivante, ce qu'elle rendait bien aux barbots, aux sauterelles, aux crapauds et même aux crottes de poules. Elle en devint connaisseur (il y a de ces mots rébarbatifs à la féminisation!) au point de pouvoir affirmer que la partie verte avait bien meilleur goût que la partie blanche. Il entre décidément beaucoup de choses dans une bonne éducation.

Parlant d'éducation, son père était homme de principes et avait là-dessus des idées bien arrêtées. Aussi fit-elle connaissance avec sa ceinture, le revers de sa main et le bout de sa botte bien avant la fin de sa deuxième année.

Ses poumons, ses poings et ses dents ne lui étaient d'aucune utilité contre lui. Aussi adopta-t-elle comme politique de se tenir aussi loin de lui que possible. La mère avait la même politique que la fille (et on a dit que nos gens n'étaient pas politisés!) mais elle réussissait moins bien que la petite, n'ayant pas le recours de se réfugier sous le banc, la table, la huche ou les lits. Il ne fallait donc pas se surprendre qu'elle affiche parfois un oeil noirci ou une dent branlante, ce qui ne l'empêchait pas d'accomplir avec régularité son devoir conjugal. Elle était plus grande de taille que son mari et avec elle, il jugeait parfois plus prudent de fermer le poing. Une seule fois elle se révolta, empoigna le rouleau à pâte et l'assomma proprement. Elle s'en accusa au confessionnal et reçut l'absolution. Le confesseur ne la refusait pas pour si peu car c'était un saint homme et un précurseur. Pendant que j'y pense, c'est peut-être lui qui a inventé plusieurs années avant son temps le slogan qui allait devenir si populaire «Faites l'amour et non la guerre». Ce à quoi il aurait pu ajouter en corollaire «Mais si vous devez les faire, de grâce, faites-les dans cet ordre».

Heureusement pour Andréanne et pour sa mère, le père était bûcheron et louait ses services à différentes compagnies d'exploitation forestière de sorte qu'il était absent la majeure partie de l'année. Mais quand il revenait avec sa paye, sa provision de whisky et ses amis, alors là, la famille avait appris par expérience qu'il fallait filer doux et se faire petit, ce qui était facile pour Andréanne et difficile pour sa mère.

La bande de joyeux lascars était bruyante et n'avait aucune notion du temps. Elle savait prendre la vie du bon côté. Elle déjeunait le soir, soupait le matin, trinquait toute la nuit en chantant sans s'occuper des enfants qui essayaient de dormir et dormait toute la journée au cours de laquelle les enfants devaient marcher sur la pointe des pieds. Si le pain manquait, on le remplaçait par quelques verres de plus. Si le bois de chauffage manquait, on donnait quelques taloches aux garçons pour les prier d'aller en quérir au hangar et lorsque celui-ci était vide, le père prêtait généreusement sa scie mécanique à sa femme et à ses fils pour qu'ils puissent aller en chercher dans la forêt voisine. Grâce à cette coopération et à cet esprit de bonne entente, la vie s'écoulait paisiblement dans la chaleur du foyer des Richard et Andréanne, terrée sous la huche, s'épanouissait à vue d'oeil.

Il y eut bien quelques petits incidents mais rien de grave. Par exemple, Andréanne se levant un matin trouva sa mère baignant dans une mare de sang et ne trouva rien d'autre à faire que de hurler:
- Il l'a tuée!

Il s'avéra que c'était faux mais elle avait entendu assez souvent son père utiliser ce doux langage pour que la chose lui parût tout à fait plausible. En réalité, Annette faisait une fausse couche et elle en serait quitte pour quelques semaines au lit et une remontrance de M. le curé qui n'aimait pas avoir à rapporter de mauvaises nouvelles à Monseigneur. N'empêche que le spectacle de sa mère ensanglantée devait demeurer longtemps imprégné dans la cervelle de l'enfant et qu'elle devait en rêver la nuit jusqu'à un âge assez avancé. Nous tenons tellement à nos souvenirs d'enfance!

Une autre fois, la voisine était arrivée avec un pain frais et dans la corrida qui avait suivi, Andréanne avait été bousculée, était tombée sur la chaîne de la scie mécanique fraîchement aiguisée pour le cas où le bois vînt à manquer et s'était faite une large entaille à la joue avant d'être foulée aux pieds par ses aînés. Ce fut là un autre événement marquant de sa tendre enfance.

Je pourrais ajouter encore la fois où son père perdit son équilibre, je ne sais pourquoi, la heurta et la fit tomber contre le poêle rouge. Elle y laissa la peau d'une cuisse et d'un avant-bras. Mais la peau, ça repousse et six à huit mois plus tard, ça ne paraissait presque plus.

J'ai un peu l'impression que je raconte tout à l'envers et que je ne rends pas justice à certains personnages. Mais il n'est jamais trop tard pour bien faire, alors je me reprends.

Le père Richard, comme je l'ai déjà mentionné, avait de solides principes en matière d'éducation. Il aimait bien et, à preuve, il châtiait souvent, sévèrement et longtemps. Mais il savait aussi encourager le développement. Quand Andréanne prononça son premier «câlice», mot qui faisait partie du lexique quotidien de son entourage où la religion était à l'honneur, il la regarda avec amour (c'était la première fois qu'il s'apercevait de son existence) et il passa les quinze minutes suivantes à s'évertuer de lui faire répéter aussi «christ» et «tabernacle». Peine perdue, si douée qu'elle fût, elle n'était pas encore prête à assimiler ces mots pourtant si nécessaires à la communication entre humains et partant, à toute vie sociale. Il s'en désintéressa donc pour retourner à son occupation favorite, bien décidé à tout reprendre à neuf quand l'élève aurait démontré de meilleures dispositions.

Avant de clore ce premier chapitre, il me vient à l'esprit d'émettre une pensée d'ordre, disons... plus philosophique, que ces lignes m'inspirent. C'est que la vie tient à bien peu de choses: un prélat et un politicien qui aiment jouer aux échecs, un évêque, un curé et un couple de paroissiens zélés, il n'en faut souvent pas plus pour naître ou ne pas naître et personne ne pose de questions, surtout pas celui qui naît ou ne naît pas. Je m'embrouille un peu. La philosophie de toute façon, ça n'a jamais été mon fort.

CHAPITRE III

Pendant les années qui suivirent, la vie d'Andréanne fut réglée sur le rythme des saisons comme il arrive toujours quand on vit au contact de la nature. L'été, elle s'éveillait au picolo des oiseaux parfois accompagné en contrebasse des blasphèmes de son père. L'automne, elle pouvait se délecter du spectacle grandiose de la forêt aux teintes merveilleuses en les contemplant entre les jambes des sous-vêtements qui pendaient à la corde à linge devant la fenêtre de la cuisine. La pureté glacée de l'hiver lui reposait les narines du petit pot de Patrick et le printemps le doux murmure des ruisselets mêlé au concert des ouaouarons lui parvenait parfois à travers les disputes d'enfants. Andréanne s'éveillait à la vie. Son petit coeur d'enfant se gonflait des sentiments les plus divers et ses gestes attendrissants imitaient ceux qu'elle voyait faire aux adultes. À quatre ans, elle tapait plus fort que les grands, griffait comme une chatte et savait mieux choisir ses endroits où mordre qu'un chien errant. Rien n'était plus beau que de voir cette tendre enfant aux grands yeux expressifs taquiner un peu le chien en lui tirant la queue pendant qu'il mangeait pour lui faire montrer les crocs ou arracher avec art et délicatesse les pattes et les ailes des sauterelles. L'excellente éducation qu'elle recevait commençait de toute évidence à porter ses fruits. Elle acquérait de bonnes habitudes qui allaient plus tard lui être d'une grande utilité comme celle de se laver l'été dans le ruisseau et l'hiver, une fois par mois, dans la cuve au milieu de la cuisine. Elle portait ses pauvres vêtements comme une grande dame et un rien la parait. Elle parlait avec autant de volubilité qu'un adulte et parfois son père l'exhibait devant ses amis comme un animal rare, les mettant au défi de trouver un blasphème tellement horrible qu'elle ne pourrait le surclasser. Elle remportait toujours la palme. À cause de cette maîtrise extraordinaire du langage, on décida de lui faire commencer l'école un an plus tôt que l'âge habituel.

Il fallait voir ce petit ange s'éloigner un matin de septembre, faisant lever la poussière du chemin sous ses pieds nus et couvrir les deux milles qui séparaient l'humble chaumière de l'école pour aller parfaire une éducation si bien commencée.

Ce fut la catastrophe. L'institutrice, ignorant tout de ses prouesses pré-scolaires, brimait constamment sa spontanéité. Le vocabulaire qu'elle cherchait à faire acquérir à son élève n'était pas du tout le même que celui auquel l'élève était habituée. Dès la première journée, elle eut envie et elle demanda candidement à la digne institutrice:
- Mademoiselle, je peux-tu aller pisser?

Il s'établit tout de suite un froid entre elles (il serait plus juste de dire que la maîtresse fut horrifiée). Or chacun sait que ce n'est pas là la meilleure prémisse pour une bonne relation pédagogique.
- Andréanne, il faut dire: est-ce que je peux aller à la toilette?

La petite apprenait vite. La prochaine fois que sa vessie recommença à se gonfler, elle demanda, fière d'avoir cette fois tous les mots qu'il fallait:

- Mademoiselle je peux-tu aller pisser à la toilette?

Andréanne n'avait pas la bosse des mathématiques. Pour elle, il n'y avait aucune différence entre $2+2$ et $3+2$. Mais l'institutrice avait une méthode: un bon coup de règle sur les jointures à chaque mauvaise réponse. C'était infaillible, la réponse était toujours mauvaise, à en faire mentir la loi des probabilités selon laquelle elle aurait dû être bonne de temps en temps. Aussi l'institutrice n'attendait-elle pas toujours la réponse et donnait-elle parfois le coup de règle avant son arrivée, question d'efficacité. À ce rythme-là, ce qui faisait le plus de progrès, c'était l'enflure des jointures d'Andréanne.

Elle était de beaucoup supérieure en catéchisme.

- Andréanne, tu fais pleurer le petit Jésus. Le petit Jésus va te punir.

Cela, elle pouvait très bien le comprendre car le petit Jésus, elle avait pu le voir elle-même à l'oeuvre dans un des rares livres qu'on avait à la maison et qu'on appelait le «grand catéchisme». Sur une des premières pages, en haut, assis sur un nuage, il y avait Dieu le père, le regard sévère, entouré d'anges et tenant en main les dix commandements d'où fusaient des éclairs dans toutes les directions. Au milieu, des hommes, des femmes et des enfants. Ceux de gauche avaient les mains jointes, l'air méditatif et disposaient d'une échelle pour grimper jusqu'à Dieu. Ceux de droite riaient, l'air dissipé, faisaient de grandes gestes et s'approchaient d'un trou béant dans lequel ils dégringolaient. Juste au-dessous, une armée de petits diables sous la direction de Lucifer en furie, fourchetaient les arrivants dans un grand brasier où ils se tordaient parmi les serpents. Au bas de la page, une seule ligne que sa mère lui avait lue:

«Toujours souffrir, jamais mourir.»

C'était cela la conséquence de faire pleurer le petit Jésus. Andréanne se souciait assez peu qu'il pleure ou non. D'ailleurs elle comprenait mal pourquoi c'était lui qui pleurait quand c'était la grosse Hardy qu'elle mordait - mais elle ne tenait pas à rôtir pendant toute l'éternité. Alors elle s'arrangeait pour mordre, tirer les couettes ou taper pendant que l'institutrice ne regardait pas, espérant que si celle-ci ne la voyait pas, le petit Jésus ne la verrait pas non plus, donc qu'il ne pleurerait pas et qu'elle s'éviterait la grillade éternelle. Elle développa à un rare degré de perfection l'art subtil de la dissimulation. Elle acquérait comme on le voit, une à une, les techniques de survie dans la jungle comme le caméléon, le tigre, le lion ou le singe. Comme eux, elle affrontait ses ennemis avec ses griffes et ses dents quand elle le pouvait et quand elle ne le pouvait pas, elle se perdait dans le décor.

De la loi de la jungle, elle avait aussi retenu que c'est chacun pour soi et que le plus fort gagne. Alors elle se tenait éloignée des plus forts et s'en prenait aux plus faibles. Ici il faut bien s'entendre. Elle avait bien compris que la plus grande partie de la force d'une personne ne se trouve pas dans ses muscles mais bien dans son intelligence. Elle avait réussi à chiper une pomme à Claude, pourtant deux fois plus lourd qu'elle, en lui faisant croire qu'elle venait juste d'apercevoir un orignal à l'orée du bois. Abandonnant tout, le garçon s'était précipité et à son retour, la pomme était restée introuvable. Les résultats ayant été positifs, elle avait perfectionné la technique et l'avait adaptée aux tablettes de chocolat, aux paquets de gomme à mâcher et aux pièces de monnaie. Le taux de succès était directement proportionnel à la crédibilité du mensonge, à sa vitesse d'exécution dans la dissimulation et à son impassibilité par la suite.

Andréanne en était à la fin de sa première année d'école quand son père eut un accident. Un compagnon de travail abattit une grosse épinette sur un grand liard sec et avec le bruit des scies mécaniques (il était lui-même à ébrancher) il n'entendit pas le cri d'avertissement. Le liard cassa et il le reçut sur le dos. Le travail cessa le temps de confectionner une civière de fortune et de le transporter à l'hôpital puis le travail reprit. Tout le monde était tellement habitué à ce genre d'accident que c'est tout juste si cela fit les frais de la conversation pendant une semaine ou deux. Son contremaître eut l'amabilité de venir lui porter en personne sa paye à l'hôpital et de lui offrir ses meilleurs voeux de prompt rétablissement. Il fut opéré une première fois pour remettre en place les côtes et les vertèbres broyées, déplacées ou égrenées, puis une seconde pour aller voir pourquoi ça ne prenait pas très bien (c'est l'expression même du chirurgien de Mme Richard), puis subit une troisième intervention pour réparer les dégats des deux autres. Quatre hôpitaux et un an après l'accident, la science médicale ayant épuisé ses ressources, il fut déclaré invalide et renvoyé à la maison où son état commença à s'améliorer lentement.

Si les Richard avaient été jusque-là juste au-dessus du seuil de la pauvreté, ils passaient maintenant carrément au-dessous. Les avocats de la compensation se chamaillèrent pendant un bon moment avec ceux de la compagnie parce que, théoriquement, cet accident n'avait pas eu lieu. C'est-à-dire qu'il avait eu lieu un samedi, jour où on ne devait pas travailler, donc où il ne devait pas y avoir d'accidents. Le syndicat s'en mêla (je devrais dire les syndicats car il y avait litige quant à l'allégeance de M. Richard au local 649 ou au local 1048) ce qui brouilla encore un peu plus les cartes. Pendant ce temps, les enfants tendaient des collets à lièvre l'hiver, guettaient la perdrix l'automne, pêchaient la carpe pendant la fraye et ramassaient des fraises et des bleuets l'été. Puis les avocats se fatiguèrent de s'engueuler et on offrit à Gédéon Richard une petite pension qui permit tout juste à la famille de ne pas mourir de faim.

Si son long séjour dans les hôpitaux n'avait pas réussi à lui remettre le dos en état, il n'avait rien fait non plus pour améliorer son caractère. Il passait le plus clair de son temps assis au bout de la table de cuisine à maugréer contre tout le monde et à tout mener au doigt et à l'oeil. Comme il ne pouvait plus travailler et qu'il était toujours souffrant, il usait de son remède universel à toute heure du jour et de la nuit. Sa vie n'était plus qu'une succession sans fin de torpeur et d'agressivité interrompue seulement quand il berçait le petit dernier (si son dos était en panne, on ne peut en dire autant pour le reste: il y avait donc eu entre temps deux nouvelles additions à la famille, Alice et Jean). Il devenait alors plus doux, presque tendre, comme si, pour cet homme aigri, brisé par la vie, au bord de la démence, tourmenté par une soif inextinguible, la vue de ce petit être fragile était une oasis dans le désert. Mais avec sa femme et les autres enfants, il était un implacable tyran, exigeant une obéissance absolue et une conduite exemplaire et quand il ne l'obtenait pas assez vite, il frappait ou accablait le fautif des pires injures et des blasphèmes les plus horribles.

Il avait un faible cependant pour la plus vieille de ses filles, Marie-Ange, qu'il appelait toujours Trésor, et Andréanne savait par expérience que, devant lui, jamais elle ne devait toucher à sa soeur ou lui adresser le moindre reproche. À partir du sentiment d'amour haineux qu'elle éprouvait pour son père, elle conçut une vive jalousie envers sa soeur à tel point qu'elle aurait voulu lui arracher les cheveux et lui crever les yeux.

Dans ce contexte, Andréanne aurait pu se tourner vers sa mère pour obtenir la compréhension et l'amour qu'elle recherchait mais Annette était fatiguée, littéralement vidée par les grossesses répétées et épuisée des prodiges qu'elle devait accomplir chaque jour pour qu'il y ait du bois dans le poêle, du pain dans la huche et que son mari n'étripe pas un des enfants. Alors Andréanne se tourna vers Patrick pour en faire son confident et son complice. Mais Patrick était un enfant morose et solitaire qui rejetait ses avances pour se cantonner dans son attitude renfrognée. Andréanne en était réduite à jouer toute seule à arracher les pattes d'un crapaud.

- Andréanne, papa dort. Va y prendre son paquet de tabac.

Ce n'était pas la première fois qu'une telle demande lui était adressée. Petite et agile comme un chat, elle parvenait à soutirer le paquet de tabac de la poche de chemise du dormeur et, un peu plus tard, à le remettre en place avant qu'il ne s'éveille. Claude et Paul insistaient.

- Vas-y Andréanne. Je te laisserai une puff de ma cigarette.

Elle s'exécuta, c'était un jeu d'enfant. Tous s'en furent à la grange et Claude roula avec cérémonie deux cigarettes. Il alluma la première.

- Laisse-moué goûter. T'as promis.

Trésor arrivait au moment où Claude passait la cigarette.

- Moué aussi, je veux goûter.
- Toué, va-t-en faire la vaisselle.

Trésor s'éloigna rageusement. Andréanne toussa et fit la grimace.

- C'est bon.

La fumée lui irritait la gorge mais pour rien au monde elle ne l'aurait avoué. Il fallait que ce soit bon puisque c'était défendu.

- Claude, papa s'en vient.

Les garçons filèrent par derrière la grange mais Andréanne, pétrifiée, resta sur place, la cigarette aux doigts. Son père entrait. Elle n'eut que le temps de se faufiler sous le foin.

Le paquet de tabac était resté bien en évidence près du carré à grains. Il le vit tout de suite.

- Mes petits maudits voleurs. Si je vous trouve, vous allez danser.

Son infirmité l'empêchait d'aller vite mais il était systématique. Il empoigna une fourche. Andréanne retenait son souffle.
- Je vas vous faire sortir moué, sacrament.

Elle sentit une douleur vive à sa jambe gauche et se releva comme un ressort.
- Trésor me l'avait ben dit. Je vas te montrer moué à voler.

Il avait empoigné le fouet à cheval et lui cinglait les mollets sans cesser de crier.
- Envoye, marche. Tu seras pas contente tant que tu nous auras pas faite flamber.

Mais elle dansait trop pour pouvoir marcher efficacement et le cuir du fouet lui entaillait la chair. Elle ne pensait qu'à une chose.
- Tu vas me payer ça, ma maudite.

Les larmes lui coulaient sur les joues et le sang sur les jambes. Aveuglé de colère, il n'arrêtait pas de frapper. Elle pensait toujours à la même chose.
- Tu vas le regretter.

Elle dut attendre longtemps. Au début, ses mollets la faisaient cruellement souffrir et Marie-Ange, n'ayant pas la conscience tout à fait tranquille, restait le plus près possible de la cuisine et de la protection paternelle. Mais s'il est une caractéristique universelle en cette vie, c'est bien que tout finit par passer. Les mollets d'Andréanne se cicatrisèrent et la conscience de Marie-Ange oublia. Mais Andréanne, elle, n'oubliait pas.
- Le Trésor va perdre des plumes.

Elle mêlait un peu les images mais que voulez-vous, à cet âge-là... Son heure vint pourtant un dimanche matin où les deux filles durent garder les petits pendant que le reste de la famille allait à la messe.

- Marie-Ange, viens voir, Jean marche tout seul.

Andréanne semblait tout excitée et de fait, elle l'était. Sa soeur s'approcha sans rien soupçonner d'anormal. Andréanne l'accueillit avec le rouleau à pâte (le bon exemple des parents n'est jamais perdu). Jean ne marchait pas, il dormait. Mais il ne devait pas dormir encore longtemps. Quand il s'éveilla, Marie-Ange hurlait et Andréanne maniait le rouleau à pâte. Il faut dire qu'elle manifestait déjà un talent certain pour l'art culinaire. Le combat fut bref et fort inégal. Andréanne était plus petite mais beaucoup mieux armée. Dès l'ouverture des hostilités, le Trésor succomba sous les coups et s'écroula. Andréanne n'attendit pas la suite et s'enfuit à travers champs.

Elle erra longtemps par monts et par vaux. Sa victoire lui parut tout d'abord douce et elle écouta avec ravissement chanter les petits oiseaux. Puis sa conscience commença à la troubler et elle se mit à penser au sort qui l'attendait en rentrant. Elle pensa à ne pas rentrer et pesa le pour et le contre. Les oiseaux la laissaient maintenant indifférente et sa victoire lui paraissait plus amère. L'heure passait. Le soleil se coucha. Elle hésitait encore. Elle avait peur. Dans la pénombre du soir, les arbres prenaient des formes ahurissantes. Elle se dit que son père serait peut-être trop saoûl pour la battre. Le hululement d'une chouette acheva de la convaincre. Elle rentra.

Le fouet n'avait auparavant fait qu'effleurer, caresser ses mollets, ce qu'elle avait pris pour une raclée. Mais cette fois-ci, elle apprit ce que raclée voulait dire. Il utilisa sur elle le fouet à cheval, le manche de hache et le tisonnier. (Quand on est ingénieux, tout peut servir.) Il frappa sur les fesses, les jambes, le dos et les bras. Il épargna la tête et c'est heureux parce que l'épilogue de mon histoire aurait très bien pu commencer ici.

Andréanne dut garder le lit pendant près d'une semaine. Quand elle se leva, elle marchait comme une petite vieille de 90 ans. Croyez-vous qu'elle avait appris sa leçon? Bien sûr, mais pas celle que la sagesse paternelle avait imaginée. Elle était fermement résolue à assouvir désormais ses vengeances par des moyens moins directs et plus faciles à camoufler.

Pourtant, elle n'en était pas encore à sa dernière raclée. Vers la fin de l'été, Patrick avait été soigner le cheval et était revenu tout énervé.

- Andréanne, viens voir ce que j'ai trouvé.

Elle l'accompagna à l'écurie. Dans le carré d'avoine, une bouteille de whisky aux trois quarts pleine que ce cher Gédéon avait dû cacher là en prévision des jours creux.

- T'as déjà goûté à ça, de la boisson, toué, Andréanne?
- Non, jamais.

Elle mentait. Elle avait déjà vidé les fonds de verres de son père et de ses amis.

- On y goûte?

Le petit hésitait. Elle allongea la main, fascinée par le fruit défendu, espérant que le petit Jésus soit en train de faire la sieste. Le brasier du grand catéchisme lui passa devant les yeux.

- O.K. mais juste un peu pour voir. Faut surtout pas que papa s'en aperçoive.

Mais elle ne savait pas quel effet l'alcool aurait sur elle. Tout d'abord, le liquide lui brûla le gosier et elle faillit s'étouffer. Puis elle éprouva une douce sensation de chaleur au ventre qui lentement s'irradiait dans tout son corps. Elle reprit la bouteille des mains de Patrick qui n'avait fait que l'effleurer des lèvres, et but goulûment. Elle oublia les flammes de l'enfer et se sentit au paradis, flottant sur un nuage. Patrick commençait à s'énerver.

- Arrête Andréanne. Viens-t-en. Papa peut arriver.

Elle trouva qu'il avait l'air drôle de se mettre dans un tel état pour si peu. Son père ne l'inquiétait pas le moins du monde.

- Andréanne, je m'en vas. Tu vas te faire pogner.

Elle le regarda s'éloigner comme un fantôme. Autour d'elle, les murs de la grange perdaient leur réalité et dansaient un peu comme le mur de la cuisine quand elle le regardait à travers la chaleur qui montait du poêle. Elle s'assit sur un banc à vaches, but une autre lampée et mit la main dans le carré, laissant filer les grains d'avoine entre ses doigts. Le temps n'existait plus. Elle était dans un monde à part dans lequel son corps même lui paraissait étranger, un monde doux, ouaté et rose.

- Bonne Ste Anne, Andréanne, qu'est-ce que tu fais là?

La voix de sa mère ne la fit même pas sursauter. Elle se retourna lentement pour voir quelle était cette étrangère qui venait troubler l'équilibre d'un jour si merveilleux. Annette avait les larmes aux yeux.

- Viens. Si ton père te voit, y va te tuer.

Andréanne prit le temps de remettre la bouteille dans l'avoine et s'agrippa au bras de sa mère. Elle avait les jambes en guenilles.

- Qu'est-ce qu'elle a ast'heure?

Annette évita de regarder son mari.

- Je sais pas. Elle s'est trouvée mal. Je vas la faire coucher.

Il regarda de plus près.

- Ben câlice! Est saoûle. Y manquait rien que ça!

La dernière vision d'Andréanne avant de perdre la carte fut le crucifix de bois vacillant au-dessus de la porte. Quand elle s'éveilla, elle sut qu'elle avait été battue (elle commençait à connaître la sensation) mais elle ne s'en souvenait absolument pas. Elle avait mal partout mais elle songea qu'il est merveilleux de ne même pas s'apercevoir d'être battu et comprit que, dans son combat pour rendre la vie tolérable, elle avait désormais un allié sûr.

CHAPITRE IV

Andréanne allait avoir onze ans quand la famille décida de déménager à la ville. Ville est le nom un peu pompeux qu'on donnait et qu'on donne toujours à ce village qu'est Hearst tout simplement parce qu'il n'existe aucune agglomération aussi importante à près de soixante milles à la ronde. C'était donc le point de convergence des petits villages parsemés ici et là dans la campagne et le centre des activités culturelles et commerciales.

Gédéon Richard avait raisonné que, pour un invalide, la vie devait être plus facile à la ville qu'à la campagne, que la vente de la terre allait lui rapporter un bon magot, qu'il trouverait peut-être quelques dollars à gagner comme gardien de nuit, que sa femme pourrait sans doute faire des ménages ou s'employer comme cuisinière et que les enfants n'auraient plus à marcher quatre milles aller-retour pour aller à l'école.

Andréanne accueillit la nouvelle la mort dans l'âme. Bien sûr, sa vie à la campagne n'avait pas été un paradis mais elle s'était habituée à ses moustiques, sa neige et son isolement et elle avait trouvé dans ses champs et ses bois une possibilité d'évasion des remous de la vie familiale. Elle n'avait rien de précis contre la ville mais elle avait peur justement de cet inconnu. Aucune perspective n'est, en effet, aussi terrifiante que celle de quitter un monde connu, si laid soit-il, pour un qui ne l'est pas et que l'imagination se plaît à peupler des êtres les plus bizarres.

Ses premiers contacts avec la ville ne furent pas faits pour la rassurer. Son père avait trouvé un petit appartement sur la rue Front, au deuxième, auquel on accédait par un long escalier extérieur en bois. Il comprenait cinq pièces à part la salle de bain: un salon, une cuisine et trois chambres à coucher, ce qui était trop peu pour neuf personnes. Pas de cour: en sortant de l'appartement, on se trouvait dans la rue. C'est cette rue, plus que l'appartement, qui allait devenir le véritable foyer d'Andréanne pendant les cinq prochaines années.

La première journée de son arrivée, fatiguée de ce branle-bas, elle décida d'aller prendre l'air. C'était vers la fin août parce qu'on avait décidé de déménager juste avant le début des classes. Il faisait beau. Andréanne se promena un peu au hasard puis vint s'asseoir sur la dernière marche de l'escalier, les bras croisés appuyés sur les genoux. Devant elle, sur la route 11, la circulation était presqu'ininterrompue: voitures de touristes, camions légers, camions lourds transportant des billes de bois de sciage ou des copeaux et gros transports dont on ne pouvait voir la charge. Au coin de la rue, une espèce de petite roulotte aux couleurs vives affichait en grosses lettres sa raison d'être: Payeur Chip Stand. Plus loin, accroché au mur d'un édifice, un poteau illuminé tournait déployant ses spirales bleue, blanche et rouge. De l'autre côté on pouvait voir des hommes entrer et sortir d'un établissement sur la devanture duquel se lisait: Hôtel Windsor. En face, d'autres édifices encore: Garage

Shell, Superior Muffler, Newago Forest Products, Companion Lounge. Des enfants jouaient au ballon, des gens marchaient d'un pas pressé, disparaissaient au coin d'une rue ou entraient quelque part.

Il sembla tout à coup à Andréanne que tout le monde était affairé sauf elle, que tout cela faisait partie d'un plan d'ensemble dont elle était exclue, qu'elle était différente et seule au monde de sa race. Elle se voyait au centre d'un univers dont elle ne comprenait pas les rouages, dont les différentes parties gravitaient autour d'elle ou les unes autour des autres sans qu'elle puisse en influencer l'orbite. Et pour la première fois elle pleura consciemment sa vie vide, sa campagne perdue, sa famille désunie et son enfance qui s'envolait sans qu'elle l'eût vraiment connue. Elle eut un accès de révolte. Était-ce sa faute à elle si son père était invalide, si sa mère était fatiguée et si sa famille était pauvre? Elle se sentait comme une marionnette grotesque dont les ficelles auraient été tirées par un être maléfique et invisible qui se serait amusé à la faire danser puis à la laisser choir. En bref, elle se sentait malheureuse et impuissante devant son malheur.

Il y a au moins cela de bon qu'à onze ans, on ne reste jamais malheureux très longtemps. L'école recommença bientôt et Andréanne, entre ses classes, la vaisselle et le ménage, ne trouvait plus le temps de s'ennuyer. Sa mère commença à travailler de nuit dans un restaurant et les enfants ne la voyaient plus que le soir, au retour de l'école. Le matin, Marie-Ange et Andréanne devaient s'occuper des plus jeunes, les faire déjeuner, les aider à s'habiller, retrouver les tuques et les mitaines égarées et préparer les goûters avant de pouvoir s'occuper d'elles-mêmes. Le soir, c'était la préparation du souper puis la vaisselle et encore s'occuper des jeunes. Parfois Andréanne trouvait à garder des enfants pour pouvoir rapporter à sa mère 25 ou 50 cents. Elle ne gardait jamais rien pour elle-même. Le pauvre sourire fatigué de sa mère quand elle lui remettait sa pièce de monnaie lui valait plus que des friandises. Annette était peu démonstrative et l'eut-elle été, la force lui manquait pour faire autre chose que de sourire.

Andréanne ne voyait presque plus son père. Suite à la vente de la terre, il avait de l'argent en poche plus qu'il n'en avait jamais eu et, devenu par là important, il avait toujours des endroits où aller et des gens à voir. Il rentrait tard mais personne ne se plaignait de ses absences.

À l'école, ça n'allait pas très fort. En ville, c'était des religieuses qui faisaient la classe. Elles étaient strictes et exigeantes. Andréanne n'était pas souvent à la hauteur. On la baissa d'une année. Elle restait distraite, manquait souvent les explications et quand c'était son tour de répondre, n'arrivait qu'à bafouiller. C'était l'époque où on commençait à parler de difficultés d'apprentissage et d'élèves sous-doués. Elle fut étiquetée. Mais les méthodes traditionnelles étaient encore en usage. Elle connut le nez au mur, la récréation à genoux, le bureau et le martinet de la soeur directrice. On obtint les résultats traditionnels: rien.

En réalité, elle n'apprenait pas grand-chose non pas parce qu'elle n'était pas intelligente mais parce que le coeur n'y était pas. Elle allait à l'école parce que tous les enfants vont à l'école mais elle ne voyait pas l'utilité d'apprendre des poèmes par coeur, d'écrire des dictées sans faute ou de faire de belles compositions. En grammaire, les propositions pouvaient être principales, subordonnées ou indépendantes, Andréanne s'en moquait éperdument.
- Écoutez ceci comme c'est beau!

La soeur lisait:
- L'automne avait paré la nature de ses plus beaux atours. Les coteaux, les vallons étaient constellés de teintes vives dignes de la palette d'un peintre. Une légère brise

fit bruire les feuilles. La forêt se mit à pleurer des larmes d'or et de sang.

Andréanne n'avait jamais aimé la vue du sang. Elle pensa:
- J'aime mieux les vraies feuilles. C'est plus propre.

La soeur chercha une autre page:
- J'ai trouvé cette phrase-là qui m'a frappée par la beauté de son image.

Elle ajusta ses lunettes.
- La neige tombe comme du duvet de cygne que l'on plumerait là-haut.

Elle adressa à la classe un regard triomphant.
- Est-ce que vous voyez comme c'est beau?

La classe approuva, quelques garçons un peu trop fort pour qu'on puisse croire en leur sincérité. Mais Andréanne n'avait jamais vu de cygnes, ne savait pas très bien ce que c'était qu'un cygne et trouvait cruel que l'on plume un bel oiseau juste pour faire tomber de la neige. Il lui semblait étrange qu'il existe une sorte de feuilles et une sorte de neige pour l'école et une autre dans la réalité comme il existait d'ailleurs un langage pour l'école et un autre pour la maison. Dans son esprit, l'école c'était cette période de temps pendant laquelle les adultes mettaient les enfants à l'écart pour les faire tenir tranquilles et au cours de laquelle ils leur racontaient des histoires, déformaient la réalité et inventaient des mots et des jeux qui devenaient vite ennuyeux. La table de huit, la conjugaison du verbe avoir, c'étaient des jeux. Jacques Cartier, Dollard des Ormeaux et Madeleine de Verchères, c'étaient des histoires. Les cygnes et les larmes de sang, c'étaient des mots vides de sens. Comme elle n'était pas très forte dans les jeux et préférait les vrais mots au mots vides, elle concentrait surtout son attention sur les histoires auxquelles elle n'ajoutait pas beaucoup foi mais qui lui procuraient une espèce d'évasion de la trop dure réalité. Elle se voyait en héroïne faisant feu du haut de la palissade sur des hordes d'Indiens demi-nus et récoltant par la suite les félicitations des hommes. Mais tout cela demeurait dans le monde du rêve parce qu'ici, il n'y avait pas de forteresse, seulement une école de briques bien ordinaire et que les seuls Indiens qu'elle voyait étaient assez polis et habillés comme tout le monde.

Il y avait aussi les amis. Alors qu'à l'école de campagne il n'y avait que deux salles de classe pour héberger de la première à la huitième année, ici chaque année avait sa propre salle. Tout le monde y était donc de son âge ou à peu près. Plus de petits à faire pleurer ou de grands à éviter mais des pairs parmi lesquels une hiérarchie ou des classes sociales se formaient d'après les résultats scolaires, les bonnes grâces des religieuses, l'aisance des parents, l'apparence physique, l'initiative et les qualités de chef de l'enfant. Andréanne ne brillait en rien de tout cela. Aussi fut-elle reléguée au dernier échelon avec Ginette qui avait les yeux croches, Guy qui avait une jambe plus courte que l'autre et Joanne qui dépendait de l'Aide à l'Enfance et qui bégayait. En classe on l'appelait toujours Andréanne mais dans la cour et sur la rue, elle était «la colone». Elle portait des pantalons rapiécés aux genoux, des chandails de forme et de style indéterminés qui avaient appartenu successivement à Claude, Paul et Marie-Ange et des bottes courtes lacées qu'on appelait à l'époque des «quat'oeillets» ou des «rubbeurs à quatre trous» héritées aussi des plus vieux (nos parents connaissaient la mode de l'unisexe bien avant son invention officielle). Elle venait du fin fond des campagnes et parlait comme elle marchait. Dans ces circonstances on n'a pas besoin de faire de dessins aux enfants. Ils savent d'instinct classer leurs pairs et Andréanne, si son sobriquet la blessait profondément, savait, d'instinct aussi, qu'il n'était pas mal adapté. Elle prit même un certain plaisir à le justifier. Il lui évitait d'avoir à adopter de bonnes manières et à «licher le cul des soeurs» (l'expression est d'elle mais elle s'est vite répandue).

Parmi les élèves de la classe, il y en avait une qui ressortait plus particulièrement. Elle s'appelait Chantal, c'était la fille du pharmacien et elle avait un manteau de fourrure. Imaginez!

- À Noël, mon père m'a promis un tourne-disque. Nous en avons déjà un mais j'en veux un à moué tout seule. Je le mettrai dans ma chambre. Comme ça le samedi je pourrai écouter les Beatles toute la journée.

Les autres filles étaient pâmées d'admiration et vertes d'envie.

- Tu m'emmèneras chez vous, une bonne fois, s'y vous plaît?

- Comme t'es chanceuse! J'aimerais ça écouter de la musique toute la journée.

Chantal se pavanait sans rien promettre à quiconque. Elle ne donnait pas ses faveurs pour rien et savait les distribuer à propos.

- J'ai hâte au mois de mars. Mon père m'a dit qu'on va aller en Floride cette année. L'année passée on a été à Acapulco mais mon père veut pas tout le temps aller à la même place.

Elle prononçait rarement deux phrases sans dire «mon père» avec un air d'extase et d'adoration. Andréanne hasarda:

- C'est où ça la Floride pis Acapulco?

- Voyons don! C'est dans le sud où y'a pas d'hiver. Là-bas, on passe not' temps en costume de bain sur la plage, à se baigner, à jouer, à manger des hots dogs et des hamburgers pis à boire du coke. Pendant ce temps-là, vous autres, vous êtes enterrés dans les bancs de neige pis les tempêtes.

Pour Andréanne l'existence même de pareils paradis était une révélation. L'étalage de la richesse et des avantages qu'elle peut apporter lui faisait de plus en plus prendre conscience de sa propre pauvreté. La vie qu'à la campagne elle avait crue normale parce que tout le monde menait la même, le bol de gruau avec de la cassonade le matin, le sandwich au baloné le midi et le boeuf bouilli le soir, les culottes rapiécées, les vêtements et les bottes qui passaient de l'un à l'autre, et à la ville les petites chambres partagées à quatre, l'appartement humide où le plâtre tombait des murs par galettes, les petits à moucher, habiller et faire manger, il existait donc une alternative à cela? Et avoir une mère qui aurait le temps de parler, de jouer avec elle, un père qui la comblerait de cadeaux, qui l'emmènerait visiter ces paradis lointains.

Mais elle était bien trop orgueilleuse pour laisser voir ses sentiments. Elle choisit de cacher son envie derrière la désinvolture.

- Bah! L'hiver, c'est pas si pire que ça. Pis l'air frais, c'est bon pour la santé.

Mais en son for intérieur, elle se mit à détester à la fois cette haute société dont elle ne pouvait faire partie et cette pauvreté qui l'enveloppait comme un vieux manteau et dont elle ne pouvait se défaire. Ce soir-là, avant de s'endormir, elle pensa longtemps à l'injustice de la vie. Certains ont tout et d'autres rien.

- Un jour, je vas leur montrer!

Il est un domaine où Andréanne jouissait d'avantages que ses amies n'avaient pas. Sa mère travaillait de nuit et son père était toujours parti. Alors le soir, elle pouvait sortir comme elle l'entendait. Elle ne se prévalait pas souvent de ce privilège mais le faisait quelquefois, pour pouvoir dire le lundi matin:

- Vendredi soir, j'ai été aux vues; y'avait un film d'Elvis, et voir le regard d'envie que les autres lui jetaient. Un vendredi, son père rentra plus tôt que d'habitude.

- Où c'est qu'a l'est, Andréanne? A garde-tu à soir?

Patrick se chargea de le renseigner.

- Ben non. Est partie à danse au Northway.

- À danse? A pas onze ans. Qu'est-ce que sa mère pense d'la laisser aller aux danses à c't'âge-là. Attends un peu voir!

Andréanne avait plus de onze ans et Annette n'était pas plus au courant que lui des sorties d'Andréanne. Mais Gédéon Richard était sûr de son bon droit et se dirigea tout droit vers la salle de danse.

Dans la lumière diffuse et enfumée, Andréanne le vit venir avant qu'il ne l'aperçoive. Personne n'eut à lui dire ce qu'il venait faire là. Elle était assise près des toilettes des femmes et crut sa sécurité assurée si elle parvenait à y pénétrer avant qu'il la voie. Il n'oserait pas aller la chercher jusque-là. Mais elle n'y parvint pas, il la vit et il osa.

Elle était tout au fond et essayait de se faire petite quand il entra. Deux filles qui réarrangeaient leur maquillage devant le miroir, poussèrent de petits cris effarouchés en le voyant. Il leur laissa le temps de se sauver avant de s'approcher, regardant Andréanne droit dans les yeux. Il lui saisit le bras, rudement.

- Marche à maison!

Elle ne se fit pas prier et essaya de le distancer. Mais il suivait juste derrière donnant un coup de pied quand il en avait la chance. Elle bouillait d'indignation. Il lui fallut traverser la salle dans toute sa longueur, rouge de honte, n'osant regarder ni à droite, ni à gauche. La salle n'avait pas plus de 150 pieds de long mais elle lui parut avoir cinq milles. Par dignité, elle n'osait courir et reçut de la sorte quatre ou cinq coups de botte au derrière qui la firent avancer plus vite. Dès qu'elle eut passé la porte elle se mit à courir de toutes ses forces vers la maison.

Quand son père entra, elle était couchée sur son lit et pleurait dans son oreiller. Ce n'était pas ses fesses mais son orgueil qui lui faisait mal.

- Y peut me tuer s'y veut, je demanderai pas pardon, je promettrai rien.

Il s'approcha du lit mais ne la toucha pas.

- Andréanne, j'ai pas aimé ce que j'ai été obligé de faire.

Son ton était doux. Elle risqua un oeil au-dessus de l'oreiller et vit qu'il était à jeun, ce qui expliquait qu'il ne l'avait pas encore assommée.

- J'en ai déjà vu des petites filles se faire emmener par n'importe qui. Y'a des gars qui les font embarquer dans leur char pis qui leur donnent de la drogue. Après, y font ce qui veulent avec eux autres. Y'en a qui les battent. Comment que tu veux qu'une petite fille de dix ans se défende contre un gars dix fois plus fort qu'elle?

Son ton était presque suppliant.

- Je voudrais pas qu'y t'arrive quequechose de même. T'es têtue pis t'es fantasse mais t'es pas assez grande encore pour te défendre. Dis-moué que tu m'en veux pas.

Elle crut voir une larme au coin de la paupière. Elle n'en revenait pas.

- J'ai mon voyage. Y ramollit, le bonhomme, en vieillissant.

C'était une offre de paix mais elle ne jugea pas prudent de la saisir. Onze ans d'injures et de coups rendent méfiant.

- Laissez-moué tranquille.

Il s'éloigna lentement comme à regret. Mais il ne vieillissait pas tant que cela et il ne ramollissait pas. Une semaine plus tard, il prit Patrick les culottes baissées avec un autre garçon et le battit cruellement, à coups de poings, de pieds, de ceinture et de bâton.

- J'endurerai pas de fifi dans ma maison.

À ses yeux, aller à une danse pour une fille de onze ans, c'était condamnable mais naturel alors que ce que Patrick avait fait, c'est contre nature et partant inexcusable, impardonnable. Il transforma donc le fifi en éclopé.

Noël arrivait. Chez les Richard, ce n'était pas une bien grosse affaire mais partout autour d'eux, la joie des Fêtes était dans l'air, et elle était contagieuse. Les magasins, les boutiques et les bureaux d'affaires étaient décorés de mille et une fanfreluches: des guirlandes, des cloches, des Pères Noël, des rennes, des traîneaux, des étoiles et bien d'autres choses encore. Aux intersections des rues, on avait tendu entre les poteaux d'électricité des banderoles imitant la verdure. Chacune soutenait une grosse chandelle en plastique qui s'allumait le soir. Devant la plupart des maisons, il y avait un sapin orné de lumières électriques clignotantes qui ne remplaçaient pas, bien sûr, celui qu'on avait décoré dans le salon.

Andréanne avait décidé qu'on allait faire comme tout le monde. Elle envoya Claude chercher un arbre. Où qu'on habite à Hearst, la forêt n'est jamais loin et il revint bientôt traînant un conifère qui laissait une trace d'aiguilles.

- T'aurais pu le soulever un peu mautadit, y reste rien qu'un squelette. Pis à part de ça que c'est même pas un sapin, c'est une épinette.

- C'est toute ce que j'ai trouvé. Dans le bois, y paraissait pas trop pire. Pis si t'es pas contente, tu peux aller t'en chercher un toué-même dans neige au ventre.

Andréanne jugea inutile d'insister.

- Choque-toué pas. On va voir ce qu'on peut faire avec, ton arbre. Peut-être que si on met assez de neige pis de guirlandes, ça paraîtra pas trop.

Elle avait pris la direction des opérations.

- Claude, va chercher le marteau pis les clous. Faut trouver une manière de le faire tenir deboutte.

- Prends du scotch tape à place. Tu sais ben que les clous ça tiendra pas dans l'gyproc.

Marie-Ange avait sorti la boîte de décorations que sa tante Lucie lui avait donnée.

- Mets pas toutes les boules à même place, toryeu, y restera pus rien à mettre en haut.

- Trésor, prends ton boutte de la guirlande qu'on essaye de la démêler.

En vérité il fallait qu'Andréanne fût de bien bonne humeur pour appeler sa soeur par son sobriquet. Elle contempla son oeuvre avec satisfaction.

- Y reste rien que l'ange. Claude, peux-tu aller m'accrocher ça?

Il grimpa sur une chaise, justement celle qui avait une patte décollée.

- Fais attention, bonyeu! Tu vas tout sacrer par terre.

Le petit Jean s'accrochait à elle.

- J'vas-tu l'avoir mon truck penses-tu, Déanne?

Elle le repoussa un peu durement et il pleurnicha.

- Tu l'auras pas certain si t'arrêtes pas de brailler comme ça. Mon doux que t'es chiâleux.

Le soir de Noël arriva. Les enfants avaient insisté pour aller à la messe de minuit à laquelle ils n'avaient jamais assisté parce qu'auparavant, ils demeuraient trop loin. Les plus vieux reçurent l'autorisation mais, comme toujours, il fallut tirer la ligne quelque part et elle fut tirée juste avant Andréanne.

- Quand c'est pour torcher les petits ou ben faire la vaisselle, j't'assez grande. Mais pour aller à messe de minuit, là, j'sus trop petite.

Annette fut inflexible.

- J'ai pas envie que tu soyes marabout toute la journée de demain. A soir tu vas te coucher ben tranquille. Mais en attendant, va donc porter le lunch à ton père sur la construction.

Le père Richard avait trouvé un emploi temporaire comme gardien de nuit dans une construction d'école pendant la période des Fêtes. Le chauffage permanent n'était pas encore fonctionnel et pour empêcher que le gel fasse tout casser, on avait installé des brûleurs à l'huile. Il fallait quelqu'un pour les alimenter pendant que le travail faisait relâche.

Andréanne s'habilla en maugréant.

- C'est ben lui. Y travaille pas de l'année, pis le soir de Noël y s'trouve de l'ouvrage. Maudit!

La construction n'était pas très loin mais il faisait froid et Andréanne avait oublié de mettre ses mitaines. Plutôt que de retourner les prendre, elle se mit les mains dans les poches.

- Maudit qu'chu dinde. J'serai pas longtemps quand même.

Elle entra dans l'école et fut surprise de constater qu'il y faisait presqu'aussi froid que dehors. Elle s'approcha d'un brûleur. Il était éteint. Quelque chose n'allait pas. Son père était là justement pour empêcher que les brûleurs ne s'éteignent. Elle eut peur mais fut tout de suite rassurée quand elle l'entendit chanter. Il chantait fort et faux, sa voix était éraillée et il trébuchait sur les mots.

- ...c'est l'heure solennelle... où l'Homme-Dieu descendit à genoux...

42

Elle le trouva sans peine dans le gymnase. Sa voix portait et il faisait de grands gestes, arpentant le plancher. Auprès de lui, il y avait deux bouteilles de St-Georges vides et une à demi-pleine. Elle comprit qu'un de ses copains l'avait précédée avec une autre sorte de victuailles.

- Bonté divine, son père, qu'est-ce que c'est que vous faites là? Les brûleurs sont toutes éteindus.

Il la regarda d'un air hébété.

- Faut rallumer les brûleurs. Autrement vous allez prendre une grappe si y'a quequechose qui gèle.

C'était plus facile à dire qu'à faire. Les bidons d'huile à chauffage étaient lourds et froids. Elle regrettait cruellement ses mitaines. Elle parvint à remplir le réservoir du brûleur qui était le plus près.

- Où c'est que ça s'allume? Donnez-moué vos allumettes.

Le combustible prit feu avec une explosion sourde. Elle faillit tomber sur le dos. Naturellement le régulateur était resté ouvert pendant qu'elle faisait le plein.

- Au moins y'est allumé.

Elle vida de l'huile et alluma le deuxième avec appréhension du bout d'une brindille. L'explosion fut un peu moins forte et elle respira.

Il y avait en tout six brûleurs et quand elle eut fini de les allumer, elle était morte de fatigue et ne sentait plus ses mains. Il lui avait fallu deux heures. Elle revint vers le premier pour se chauffer. Il était déjà éteint. Ce n'était pas pour rien qu'on laissait un homme pour les alimenter. Elle recommença. Son dos lui faisait tellement mal que quand elle se redressait, elle pensait qu'elle ne pourrait plus se pencher mais il faisait moins froid. Son père s'était endormi.

- J'peux pas le laisser tout seul avec ça. Toute va être gelé quand y va se réveiller.

Il restait quelques gorgées dans la bouteille. Elle les but en faisant la grimace et sentit aussitôt la chaleur caractéristique l'envahir. Autour d'elle, le monde devenait irréel. Son père ronflait, les brûleurs chuintaient, et elle entendait comme une douce musique à ses oreilles. Toutes les heures, elle faisait la tournée des brûleurs après avoir rempli le bidon au réservoir principal. Elle avait chaud maintenant, travaillant presque constamment près d'une source de chaleur. La douleur dans son dos s'était quelque peu engourdie.

À quatre heures du matin un remplaçant arriva. Il était temps, elle tombait de fatigue. Elle sortit et fut surprise de voir des gens dans les rues à cette heure-là.

- Ah oui! C'est la nuit de Noël.

Ils avaient l'air si gai, chantaient, riaient si fort qu'Andréanne en avait envie de pleurer. Elle rentra le nez dans son collet et accéléra le pas.

Sa mère ne dormait pas. Elle la reçut rudement.

- Fallait que t'alles à messe de minuit pareil. Pis où c'est que t'as été après? Pareille heure pour arriver.

Elle alluma la lumière.

- Mon Dieu que t'es sale. Veux-tu me dire où ce que t'as passé? T'empestes.

Andréanne se regarda dans le miroir. Elle avait de l'huile et de la suie plein le visage, les sourcils et les cheveux roussis par la flamme. Elle expliqua en peu de mots ce qui s'était passé. Annette la regarda avec étonnement, presque comme une étrangère. Elle ne trouva rien à lui dire.

- Bon, lave-toi un peu pis va te coucher. T'es à moitié morte.

Deux minutes plus tard, Andréanne dormait. En se recouchant, Annette pensait:

- J'comprends rien à c't'enfant-là. Est têtue pis grip-

44

pette, a fait rien qu'à sa tête. Mais faire des affaires comme à soir ...

Elle s'endormit avant de s'avouer qu'au fond, elle était fière de sa fille.

Pour Gédéon Richard, ce fut le dernier Noël. Vers le milieu de janvier, il commença à se plaindre d'avoir mal dans le corps puis au bras gauche. Il commençait aussi à se tenir tranquille, comme s'il comprenait enfin que son remède favori ne lui valait rien. Il vit le médecin qui lui dit qu'il n'y avait rien à faire.

- Vous avez le coeur usé, M. Richard.

Il arrive souvent qu'un malade sente venir sa fin. Je ne sais pas si tel fut le cas de Gédéon Richard car jamais il n'y fit la moindre allusion mais son attitude fut tellement changée durant les dernières semaines qu'on pourrait le croire. Jamais la famille ne l'avait connu aussi doux et d'humeur aussi constante et joyeuse. C'était à croire qu'il avait décidé d'effacer l'image du chef de famille tyrannique et cruel qu'il avait toujours été et de la remplacer par celle d'un père affable, d'un mari courtois et serviable. Mais il s'y était pris trop tard et le souvenir que ses enfants et sa femme garderait de lui serait celui que des années d'injures, de reproches, de sarcasmes, de blasphèmes et de coups avaient imprégné dans leur mémoire.

Le matin, il aidait les plus jeunes à s'habiller et plutôt que de les pourvoir de l'éternel sandwich, il préparait à dîner pour que les enfants puissent revenir à la maison, le midi, manger un repas chaud. Le soir, il racontait des histoires ou passait des heures entières à jouer à la bataille ou au huit avec Alice et Jean qu'il laissait gagner à volonté. Les petits étaient aux anges et Andréanne ne put s'empêcher de constater qu'il avait un réel talent de conteur dont elle ne s'était jamais aperçue auparavant. Quand il racontait d'une voix forte et grave, les yeux brillants et le geste large, elle pouvait vraiment voir les hordes de loups s'élancer, la bave à la gueule, sur les valeureux bûcherons qui les repoussaient à grands coups de hache ou le chasseur perdu dans la tempête de neige, la moustache et les sourcils hérissés de frimas, affronter le vent qui lui cinglait le visage. Dans ces moments-là où son auditoire était suspendu à ses lèvres, Gédéon Richard était devenu un autre homme ou peut-être était-il simplement redevenu lui-même. Ce qui avait apporté ce changement, Andréanne ne le sut jamais et elle y pensa souvent et bien longtemps. S'agissait-il d'un homme qui vient de se rendre compte que la vie est le rétrécissement graduel de l'éventail des possibles et la mort sa disparition totale et d'accepter qu'il en soit ainsi? Ou au contraire, sentant sa fin venir, misait-il tardivement sur l'espérance d'un au-delà qui étancherait à jamais sa soif de bonheur? Andréanne ne se posa pas la question en ces termes mais elle sentait confusément que la racine de ce changement devait se trouver dans la réalisation que sa vie n'avait pas été exemplaire.

Un soir au milieu de mars, il déclara se sentir mal et alla se coucher immédiatement après le souper. Annette sortit pour travailler vers 7h30 comme d'habitude en recommandant aux filles de ne pas sortir. Elles couchèrent les petits vers 9 heures et Andréanne en profita pour jeter un coup d'oeil dans la chambre de son père. Il dormait. Elle sortit ses livres pour faire ses devoirs et s'ennuya un bon moment devant son cahier ouvert sans se décider de commencer. Chantal devait être en Floride. Elle rêva qu'elle y était elle-même. Elle était debout sur la plage, les pieds enfoncés dans le sable. Devant elle, le soleil se couchait sur la mer. Une brise légère faisait bruire les palmiers et se jouait dans la mèche de cheveux qu'elle avait sur le front. Un jeune homme s'avançait lentement vers elle. Il était grand, bronzé, il souriait et lui tendait la main...

46

Elle crut entendre un bruit insolite et se leva. Marie-Ange avait sans doute entendu aussi parce qu'elle la devança dans la chambre de son père.

Il était couvert de sueurs, il râlait et s'agitait sur son lit. Il avait rejeté ses couvertures et portait les deux mains à sa poitrine velue qui se soulevait et s'abaissait à un rythme accéléré comme s'il tentait de retenir son coeur qui menaçait de jaillir hors de sa cage thoracique. Marie-Ange semblait changée en statue de sel. Andréanne dut la secouer.
- Cours chez Mme Houle et dis-y de téléphoner au docteur. Qu'y vienne tout d'suite. Ça presse. Pis va chercher maman au restaurant. Je reste icitte avec lui.

Elle ne savait absolument pas ce qu'il fallait faire. Elle essaya d'abord de lui parler.
- Papa, m'entends-tu?

Elle vit à l'éclat de ses yeux qu'il l'entendait mais qu'il ne pouvait pas répondre. Elle pensa aux pilules, les chercha un moment et trouva une petite bouteille de plastique dans sa poche de pantalon au pied du lit.
-Une pilule dessour la langue.

C'était plus facile à dire qu'à faire. Il ne voulait pas ou ne pouvait desserrer les mâchoires. Elle passa un bras autour de son cou pour lui soulever la tête mais il se plaignit comme si elle lui avait fait mal et elle le laissa retomber sur l'oreiller. Elle renonça, saisit plutôt un mouchoir de papier et commença à lui éponger le front. Elle n'avait jamais vu quelqu'un mourir mais elle savait d'instinct que c'était bien ce qui arrivait à son père.

- Pourvu qu'y toffe jusqu'à temps que le docteur arrive.

Dans son esprit, le médecin arrangerait tout, l'empêcherait de mourir. Les médecins sont là pour ça. Elle s'assit sur le rebord du lit et attendit. Le temps semblait s'être suspendu.

- Y vont-tu finir par arriver pour l'amour du bon Dieu?

Annette arriva enfin, sans coiffure, le manteau grand ouvert. Elle ne semblait pas autrement surprise, étant prévenue depuis un bon moment que ça devait arriver. Andréanne lui céda sa place de bon gré et à son tour, elle essaya sans succès d'introduire la fameuse pilule dans la bouche du moribond. Il s'essoufflait visiblement. Sa respiration devenait plus lente et plus difficile. Ses yeux devenaient fixes et vitreux. On frappa à la porte et Andréanne sauta sur l'occasion de quitter la chambre. Elle avait les jambes molles et pensa s'écrouler avant de pouvoir ouvrir.

- Gédéon Richard, c'est ici?

Le médecin entra sur un signe de tête et regarda autour de lui comme pour s'orienter. Andréanne sentit son hésitation.

- Par là.

Il fit sortir tout le monde, enleva son manteau et resta seul avec le malade.

Andréanne, Marie-Ange et Annette s'étaient assises toutes les trois à la table de cuisine. Tout d'abord, pas un mot ne fut prononcé. Chacune se laissait aller à ses propres pensées qui convergeaient vers cet homme qui, à côté, luttait pour retenir sa vie. Annette revoyait son mariage, les fleurs, le curé. Elle sursauta.

- Ça s'peut pas. On n'a même pas pensé à appeler le curé.

Marie-Ange se leva et enfila son manteau.

- Tracassez-vous pas. Je vas y aller.

L'attente reprit mais elle ne fut pas longue. Le médecin revint, un peu gêné devant ces deux visages de femmes qui se tendaient vers lui.

- Je suis désolé, madame Richard. C'est fini. Mais il faut se consoler en disant que c'est mieux comme ça. Il n'aurait pas pu passer à travers.

On entendit hurler une sirène. Il reprit:
- J'avais fait venir l'ambulance. Mais ça ne sera pas nécessaire maintenant.

Annette avait les yeux secs.
- Andréanne, va réveiller les petits.

Andréanne entra dans la chambre des garçons et s'approcha du lit de Patrick. Il avait le visage tourné vers le mur.
- Patrick, réveille-toué.

Il se tourna lentement vers elle et elle vit qu'il ne dormait pas. Il avait tout entendu.
- Patrick, papa est mort.

Son visage s'éclaira et tout à coup, il éclata de rire, d'un rire nerveux qui la glaça d'effroi.

CHAPITRE V

Le médecin partit pendant que l'ambulance emportait le corps, et fut remplacé par le prêtre qui parla longtemps et doucement de résignation et d'espérance. Puis il partit à son tour et la famille resta seule. Les plus vieux étaient rentrés entre temps et la famille était au complet dans le salon. Annette parlait du défunt, déjà au passé.

- Quand y'était jeune, y'aurait voulu être boxeur. Quand je l'ai connu, y boxait des fois, juste pour le plaisir. Par chez nous, dans Beauce, y'était connu comme un gars qui a pas frette aux yeux. Y'était pas ben grand mais paraît qu'y cognait en maudit. Y'a gagné des combats même contre des gars qui pesaient trente livres de plus que lui.

Andréanne n'en revenait pas. Son père avait été boxeur et elle ne le savait même pas! Dire qu'on peut vivre des années auprès de quelqu'un et qu'il reste quand même un étranger. Est-ce qu'il faut mourir pour que les autres autour de soi s'aperçoivent qu'on a existé?

- Pis après on s'est mariés. Y'était monté icitte pour faire une ronne. Chu venue le rejoindre. On s'est mariés à

Calstock en 44. Ç'a été fini pour la boxe. Y'a toujours eu de la misère à accepter ça.

Elle soupira.

- Dans les premiers temps, je le suivais partout oùsqu'y travaillait. Lui y bûchait pis moué j'faisais à manger dans les camps pour les hommes. Y faisait ses quat'cordes par jour au buck-saw. Qu'y soye n'importe où, y laissait jamais personne en faire plus que lui. C'est un peu comme à boxe j'cré ben, y fallait qu'y soye le meilleur.

La fierté et la nostalgie passaient dans sa voix. Les enfants écoutaient sans bouger, médusés. Seul Patrick gardait son regard dur et son sourire dédaigneux.

- Après Claude est arrivé pis Paul. Je continuais à travailler à la cookerie. Mais quand Marie-Ange est venue au monde, là ç'avait pus d'allure. On a décidé d'acheter une terre pis de s'installer. On a essayé de cultiver un peu mais y'était pas cultivateur pour cinq cennes. Ç'a pas fait une saison qu'y'était retourné dans l'bois.

Elle se moucha.

- Y'aurait peut-être fallu que je le suive mais avec trois petits je pouvais pus. Y s'est mis à prendre un coup pis y'a pus jamais été comme avant. C'est peut-être de ma faute mais j'faisais ce que je pouvais. Je pouvais pas faire plus.

C'est Paul qui répondit:

- Ben oui, m'man. On sait ben que t'as fait ce que t'as pu. Y'était pas doux quand y'avait bu.

À la consternation générale, Patrick se révolta de l'euphémisme.

- Y'était pas doux, tu dis! Y'était bête comme ses pieds. Y fessait su'tout l'monde sans regarder. C'est pas parce qu'y est mort qu'y'est devenu un ange. En tout cas, moué, vous m'verrez pas brailler.

Annette semblait infiniment lasse. Elle avait le dos voûté,

l'air accablé. À quarante-quatre ans, elle paraissait en avoir cinquante-cinq.

- Tu sais pas ce que tu dis Patrick. Tu l'as pas connu comme moué. Une fois, ça faisait pas six mois qu'on était mariés, y m'a donné une claque. J'me rappelle même pus pourquoi. Y m'a manqué la joue mais y m'a accroché le nez avec ses jointures pis y me l'a cassé. Une autre fois, j'ai fait deux semaines d'hôpital parce qu'y m'avait fêlé deux côtes. Mais j'y pardonne tout ça aujourd'hui. Je l'aimais pareil. C'était mon mari pis ça reste ton père. Oublie jamais ça Patrick.

Andréanne avait de la difficulté à comprendre qu'une femme puisse aimer un homme qui lui casse le nez et les côtes même si c'est son mari. Annette ajoutait:

- C'était pas de sa faute. Y'était faite comme ça. Pis la boisson l'a pas aidé.

- En tout cas moué, pensa Andréanne, j'vas essayer de jamais venir comme lui.

En se couchant un peu plus tard, elle s'avisa qu'elle n'avait vu personne verser une larme.

Les jours qui suivirent passèrent comme dans un rêve. Le cours normal des choses était temporairement suspendu par cet événement qui prenait Andréanne par surprise. C'était la première fois que la mort la côtoyait d'aussi près et la forçait de la sorte à réfléchir à elle.

Il y eut d'abord les visiteurs, la parenté, les amis, le salon funéraire, les condoléances et les chapelets. Andréanne ne s'amusait pas du tout mais se pliait aux exigences du rituel. Comme sa mère l'avait dit aux enfants, c'était la dernière chose qu'ils pouvaient faire pour le défunt. Des gens vinrent qu'elle connaissait bien, d'autres un peu et certains pas du tout. Qui qu'ils soient, la formule était toujours la même et Andréanne songea que même la mort a ses habitudes auxquelles on ne déroge pas.

Le cercueil fut ensuite amené à l'église. La cérémonie l'impressionna un peu mais ce furent surtout les paroles du prêtre au sermon qui la frappèrent.

- Mes frères, il ne faut pas être tristes. Notre frère Gédéon nous a quittés pour une vie meilleure et il faut au contraire nous en réjouir. Notre route terrestre est rocailleuse et nous y trébuchons souvent, mais nous avons la promesse qu'elle nous mène au havre de paix auquel sans cesse nous aspirons.

Le prêtre fit une pause pour marquer son effet et reprit:

- Avec de modestes moyens, Gédéon a donné la vie et élevé dans l'amour une nombreuse famille...

Andréanne se retint de faire la grimace et vit que sa mère avait froncé les sourcils. Patrick avait la tête baissée, le menton appuyé sur la poitrine. Mais la suite lui laissa entrevoir que le prêtre n'était pas aussi naïf que ses paroles le laissait croire.

-... qu'il doit aujourd'hui pouvoir contempler de là-haut avec fierté. Certes il avait ses défauts et il a eu parfois ses torts. Mais notre religion nous demande aujourd'hui de les oublier, de lui pardonner et de demander avec lui le pardon de ses fautes. Souvenons-nous que le Christ lui-même a promis au bon larron de l'accueillir le même jour au paradis.

Nous avons, c'est notre nature humaine, tendance à trop attendre de cette vie et pas assez de l'autre, celle dans laquelle la félicité éternelle nous a été promise.

Andréanne perdit la suite. La religion était définitivement bien adaptée à ceux qui avaient perdu l'espoir de trouver le bonheur en cette vie mais pour elle-même, elle avait encore une chose ou deux à essayer avant de s'avouer vaincue. Elle pensa instinctivement à Chantal sur une plage de Floride et au beau jeune homme que son imagination lui présentait de plus en plus clairement chaque fois qu'elle y pensait.

- Voyons donc! Y'en a du monde qui sont heureux. Pas besoin d'attendre de mourir. Peut-être que le père y'a juste pas su comment s'y prendre. Mais moué j'vas essayer de pas faire les mêmes gaffes que lui.

Comme une rivière momentanément bloquée par un embâcle, la vie reprit son cours, continuant de charroyer son lot quotidien de joies et de peines, petites ou grandes, comme autant de troncs ou de brindilles dissiminés à la surface des flots. La mort du père entraîna pour la famille une certaine réorganisation. Claude avait dix-sept ans, il était grand et fort et n'avait jamais réussi à dépasser la septième année. Il quitta donc l'école, essaya divers petits emplois et se retrouva sous peu bûcheron comme son père. Paul avait seize ans, il aimait l'école et y réussissait bien. Mais il était aussi doué d'une nature généreuse qui lui faisait scrupule de rester assis sur les bancs d'école pendant que sa mère devait travailler de nuit pour subvenir aux besoins de la famille. Il trouva donc à s'embaucher dans une scierie locale. Il restait un peu d'argent de la vente de la terre même après les frais d'enterrement et une ère nouvelle de prospérité s'ouvrit pour la famille. On put bientôt changer de loyer et meubler le nouveau de façon plus adéquate. Pour la première fois depuis l'âge d'un an, Andréanne eut un lit à elle seule dans une chambre qu'elle partageait avec Marie-Ange. C'était le grand luxe. Ce que Gédéon Richard n'avait jamais réussi à donner à sa famille, elle le trouvait seule immédiatement après sa mort. Il faut dire qu'elle profitait d'une ère de prospérité générale et locale qui allait durer plusieurs années. L'économie du pays était saine, les constructions nombreuses et le bois se vendait bien et cher. D'où les salaires élevés et la prospérité générale. Même les enfants trouvaient facilement à gagner quelques dollars.

L'effet fut visible dans la communauté. Il n'était pas rare de voir garée devant une cabane en papier goudronnée une ou même deux voitures neuves. Les motoneiges firent leur apparition. Celui qui n'avait pas la sienne était un va-nu-pied. Les bateaux et les moteurs hors-bord connurent aussi une grande vogue. Plusieurs propriétés refirent peau neuve.

C'était là ce qu'on pouvait voir de l'extérieur mais à l'intérieur c'était pareil. Les meubles, les téléviseurs, les appareils stéréo haute-fidélité, rien n'était trop beau pour les nouveaux riches dont la plupart, quinze ans plus tôt, vivaient dans des cabanes sans électricité, sans eau courante et sans téléphone. Ils achetaient sans discrimination, échangeaient des articles qui faisaient encore l'affaire, vouaient un culte quasi-religieux à la grosse voiture américaine et s'endettaient sans nécessité comme si cette richesse à laquelle ils n'étaient pas encore habitués devait durer toujours.

Pour Andréanne, ce furent de belles années. Elle goûtait une liberté que bien peu de gens de son âge peuvent avoir. Elle n'avait plus peur de son père et sa mère travaillait plus que jamais à l'extérieur. Elle n'avait personne pour la talonner et elle en profitait au maximum. Bien sûr, il lui fallait encore subir l'école mais elle s'en accommodait assez bien parce qu'elle s'y était taillée une place. Ses résultats scolaires n'étaient pas meilleurs mais on avait appris à la respecter. Son sobriquet du début «la colone» avait été remplacé par un autre, «la grande» par antinomie, qui ne l'enchantait d'ailleurs pas beaucoup plus.

Elle était consciente qu'un changement s'opérait en elle mais elle ne savait pas lequel. Des poils commençaient à remplacer le petit duvet de ses aisselles, ses hanches s'élargissaient et ses seins commençaient à pointer. Sa mère s'était contentée de lui dire que dorénavant, elle devrait porter un soutien-gorge. La mode de l'éducation sexuelle n'existait pas encore. C'était l'époque où la mentalité populaire avait réduit les sept péchés capitaux à un seul sous la férule du même professeur de mathématique qui lui avait inculqué que trois font un. Et on avait fait de ce péché un crime si terrible que tout ce qui lui était relié, même normal et naturel, était banni de l'éducation des enfants.

Un bon matin, Andréanne s'éveilla et s'aperçut qu'elle saignait.

- Qu'est-ce que j'ai attrapé là?

Ce n'était pas habituel, donc c'était une maladie et elle la traita comme telle. Elle resta au lit avec une boîte de kleenex à portée de la main. Ce n'était pas encore grave parce qu'elle ne se sentait pas très mal mais c'était une maladie inquiétante, affolante même, parce qu'elle était inconnue. On a toujours plus peur de ce qu'on ne connaît pas et j'ai déjà vu quelqu'un soulagé d'apprendre qu'il avait le cancer parce qu'enfin, sa maladie avait un nom et pouvait être combattue.

Le lendemain, ça n'avait toujours pas cessé et Andréanne prit panique. Elle hésita longtemps mais son angoisse était telle qu'elle ne pouvait plus être contenue. Elle prit son courage à deux mains et, la tête basse, un sentiment de culpabilité humiliant au coeur, elle aborda sa mère.

- Maman, j'sais pas ce que j'ai, je saigne.

Annette n'avait jamais été à l'aise avec ses enfants sur ce sujet-là. Il était apparenté de trop près à l'unique péché capital. Elle essaya de cacher sa gêne sous la mauvaise humeur.

- T'as rien de grave.

Elle alla chercher une boîte de serviettes sanitaires.

- T'as rien qu'à mettre ça. Ça va empêcher de tacher ton linge. J'savais que ça allait arriver.

- Mais qu'est-ce que j'ai?

- C'est rien j'te dis. Ça veut juste dire que t'es rendue grand'fille. Toutes les femmes ont ça à toutes les mois.

Andréanne était abasourdie. Sa mère était au courant, elle avait prévu que ça devait lui arriver et elle avait négligé de l'avertir, elle, la principale intéressée, elle, qui s'était rongée les sangs pendant toute une journée, qui avait cru sa dernière heure venue. Elle ressentit la chose comme une trahison. Jamais plus elle ne ferait confiance à sa mère.

Dans une certaine classe sociale, il semble que les enfants deviennent adultes bien avant l'âge légal. Ou peut-être devrais-je dire qu'ils adoptent jeunes le comportement des adultes dans ce qu'il a de plus puéril. Tel fut le cas d'Andréanne. Elle trouva son premier emploi réel à quatorze ans. Ce n'était pas l'Eldorado. Elle lavait la vaisselle le soir et en fin de semaine dans un restaurant chinois. Le travail était ardu et monotone. Quand elle arrivait au travail vers quatre heures trente de l'après-midi, on avait déjà commencé à laisser s'empiler la vaisselle sale en prévision de son arrivée. Il y avait surtout des monceaux de tasses et de verres, résultat de la pause-café de l'après-midi. Il lui fallait faire vite parce que le souper allait commencer et qu'il n'était pas question de manquer de vaisselle. Mais dès qu'elle semblait devoir prendre le dessus, les assiettes, les soucoupes, les tasses et les ustensiles du souper commençaient à arriver. Elle voyait avec terreur baisser les piles de vaisselle propre d'un côté et monter les piles de vaisselle sale de l'autre, serrait les dents et travaillait sans dire un mot. Penchée sur son évier, il lui arrivait souvent d'avoir mal au dos. En effet, elle avait presque toujours mal entre les omoplates mais jamais elle ne s'en plaignait. Elle tenait trop à son emploi. «Arbeit macht frei» disait la propagande nazie. Mais c'était bien sûr avant qu'on ait vu Andréanne laver la vaisselle.

En vérité elle faisait très bien son travail et plus rapidement que la femme d'âge mûr qu'elle avait remplacée mais le Chinois prenait bien garde de le lui dire. Au contraire, il la stimulait constamment.

- Dépêche-toi! On va en manquer.

S'il trouvait une assiette encore tachée, il lui faisait laver à nouveau toute la pile, «pour être certain», disait-il, et menaçait de la renvoyer. De la sorte, il tirait d'elle le maximum de travail et la payait au tarif horaire minimum, c'est-à-dire 1,25$ l'heure.

Les autres employées étaient trop occupées pour intervenir ou elles n'osaient pas de peur de compromettre leurs propres avantages. Sauf une, la grosse Ida, qui avait pris Andréanne en affection.

- Prends le temps de souffler, sacrament. Laver de la vaisselle pendant des quatre, cinq heures sans arrêter, ç'a pas de maudit bon sens. T'es pas une machine après toute. Si le Chinois est pas content, y'a rien qu'à se la laver, sa maudite vaisselle.

Mais Andréanne ne ralentissait pas son rythme pour autant. Elle venait de mordre à une autre des illusions de la vie, celle qui veut que l'argent apporte l'indépendance, qu'on confond trop souvent avec la liberté, et que, partant, il soit un ingrédient nécessaire au bonheur.

Andréanne se sentait riche et pour cette raison, elle s'efforçait de ne pas regimber quand l'aiguillon du Chinois la piquait un peu trop fort. Le samedi soir, quand elle empochait ses 21,25$, elle était l'égale de Chantal avec en plus la satisfaction de savoir qu'elle ne les devait à personne d'autre qu'à elle-même. Elle offrait encore parfois de l'argent à sa mère mais cette dernière, n'en ayant pas vraiment besoin, le refusait invariablement.

- Dépense ça pour toi-même. Tu travailles assez fort pour la gagner, ton argent.

Comme Andréanne ne tenait pas à s'en départir non plus, elle n'insistait pas. Elle s'achetait alors une robe, du maquillage, des bas de nylon ou des cigarettes bien qu'elle n'osât pas encore fumer ouvertement devant sa mère. Elle n'aimait pas vraiment fumer mais elle adorait faire l'envie de ses compagnes en agissant comme une grande de dix-huit ans. Tirer une cigarette de son sac dans la cour de l'école, près de la haute clôture, l'allumer d'un geste nonchalant et voir les autres s'attrouper autour d'elle pour quémander une bouffée, elle n'aurait pas échangé cela pour toutes les Floride du monde.

Ce qu'elle aimait par-dessus tout de sa prospérité nouvelle, c'est qu'elle lui permettait de faire des cadeaux. Des bonbons aux petits, des bibelots à sa mère, des gants ou une cravate aux plus vieux, des cigarettes ou des friandises à ses compagnes d'école. Elle croyait bien sincèrement qu'elle aimait partager et qu'elle était généreuse. En réalité, elle essayait d'acheter l'attention ou l'affection de son entourage. Comme elle avait un besoin pressant d'être approuvée et aimée des autres, elle ne savait pas dire non.

- Andréanne, irais-tu garder mon petit après le shift? J'aimerais ça aller faire un tour à l'hôtel à soir, rien qu'une heure ou deux.

Elle avait passé la journée à l'école, lavé la vaisselle à fond de train de 4h30 à 9h00 du soir et elle était fatiguée. Mais Jeannette lui avait demandé de garder, elle ne savait pas refuser et elle gardait. L'heure s'étirait en trois ou quatre. Jeannette rentrait, la remerciait avec effusion, elle allait se coucher à 1h30 du matin et se relevait à 7h30 pour se préparer pour l'école.

Parfois elle se traînait littéralement, cognait des clous pendant les classes, se faisait engueuler parce qu'elle n'avait pas fait ses devoirs et se félicitait d'avoir rendu service. Pendant ce temps, Jeannette, elle, se félicitait d'avoir trouvé une gardienne assez sotte pour garder gratuitement, et voyant Andréanne penchée sur son évier, une mèche de cheveux balançant sur son front couvert de sueurs, marmonnait entre ses dents:

- Vas-y, travaille si t'aimes ça travailler.

Puis un peu plus tard, elle revenait voir Andréanne un sourire mielleux aux lèvres:

- Tu garderais pas pour moué dimanche après-midi? J'sus invitée à aller faire du ski-doo au club?

Alors Andréanne gardait. Comme Jeannette n'était pas la seule à avoir des enfants, elle avait une clientèle assidue. Seule la grosse Ida lui disait parfois:

-Dis non, toryeu. T'as droit de t'amuser toué aussi de temps en temps.

Elle y songeait parfois mais son désir de plaire l'emportait sur celui de se reposer ou de s'amuser et, le moment venu, elle était incapable de refuser. Pourtant au fond, elle savait qu'on profitait d'elle et en éprouvait du ressentiment.

- Si sont pas capables de s'en occuper de leu'p'tits, y'avaient rien qu'à pas en faire.

Sans le savoir, elle recherchait chez tout le monde cette approbation qu'elle n'avait pas eue de son père ni de ses institutrices. À l'école, elle jouait à celle qui ne la recherche pas, qui peut s'en passer, elle crânait et faisait la dure. Au travail, elle essayait de compenser et rien ne la remplissait d'orgueil comme d'entendre dire:

- Andréanne est tout le temps prête à rendre service.

À l'opposé, elle se faisait un devoir de ne jamais rien demander à qui que ce soit.

- J'ai pas besoin d'eux autres. J'sus capable de m'arranger.

Alors elle serrait les dents et frottait ses assiettes sans que personne sache la douleur qu'elle abritait entre ses omoplates. Cet orgueil qu'elle croyait être sa force, était en réalité sa faiblesse parce qu'elle l'isolait et la rendait vulnérable.

Un jour qu'elle feuilletait distraitement un livre (pendant les périodes obligatoires à la bibliothèque, il fallait bien faire quelque chose), elle était tombée par hasard sur ces vers d'Alfred de Vigny:
«Prier, pleurer, gémir est également lâche.
Accomplis ici-bas ta longue et lourde tâche
Dans la voie où le sort a voulu t'appeler
Puis après, comme moi, souffre et meurs sans parler.»

Elle était peu encline à la poésie mais ces vers, le premier surtout, l'avaient frappée parce qu'ils correspondaient exactement à ses propres sentiments. Elle était fascinée par la dignité, le stoïcisme qu'elle y lisait. Il lui semblait qu'en se conformant à cet idéal, elle s'élèverait au-dessus de la masse des gens ordinaires et ferait son propre bonheur sans compter sur personne.

En attendant, elle lavait la vaisselle et gardait les enfants. Comme elle était riche maintenant, elle pouvait se payer à l'occasion un 12 onces de rhum. C'était sa détente, son repos, sa récompense pour avoir travaillé si fort. Elle ne pouvait l'acheter elle-même car il fallait avoir vingt et un ans pour fréquenter la Régie des Alcools mais toutes les serveuses du restaurant avaient l'âge requis et toutes lui étaient redevables de divers services. Ainsi n'avait-elle aucune difficulté à s'en procurer. Elle détestait avoir à demander mais savait que c'était temporaire, qu'un jour elle aurait l'âge.

Elle gardait sa bouteille dans le tiroir du haut de sa commode et ne la glissait dans son sac que lors des grandes occasions: le pique-nique de l'école, les danses auxquelles elle pouvait maintenant assister sans crainte de son père, les excursions du dimanche, etc... Il faut dire que les petites occasions devenaient grandes dès que la bouteille était de la partie, de sorte qu'il devenait difficile de dire si c'était l'occasion qui attirait la bouteille ou la bouteille qui faisait l'occasion.

Si Andréanne produisait de l'effet quand elle sortait de son sac un paquet de cigarettes, imaginez celui qu'elle faisait quand elle en tirait un flacon de rhum.

- Après-midi les filles, on va s'amuser.

Il y en avait toujours une qui se laissait tirer l'oreille.

- On devrait peut-être pas. Si nos parents apprennent ça.

Mais Andréanne savait trouver les arguments convaincants:

- Toué Ginette, tes parents en prennent jamais de boisson?

- Ben oui, mon père achète sa caisse de bière toutes les fins de semaine pis ma mère a sa bouteille de cognac dans l'armoire du haut pour ses nerfs.

- Ben si c'est bon pour leurs nerfs, ça doit être bon pour les nôtres itou.

Habituellement, ça suffisait pour faire taire des scrupules qui ne demandaient pas mieux que d'être contredits. Mais si par hasard, les scrupules étaient trop tenaces, Andréanne les étouffait sous le ridicule.

- Écoutez-moué la memère aujourd'hui. On aurait dû y emporter sa chaise berceuse pis son tricot.

Toutes les objections réfutées, Andréanne avait alors son heure de gloire. Elle acceptait de bonne grâce l'hommage qu'on lui rendait d'être la plus débrouillarde. L'alcool la transformait ou plutôt, il transformait le monde autour d'elle. L'herbe était plus verte, le soleil plus chaud, la journée plus belle, la rivière plus accueillante. Elle entendait ses amies raconter des histoires, plaisanter et rire. L'école et le travail devenaient irréels comme s'ils faisaient partie d'une autre vie depuis longtemps révolue. Elle était libre, elle était heureuse. La vie était belle. Elle avait le sentiment d'être en parfait contrôle de sa destinée. Elle allumait alors une cigarette (la fumée ne lui brûlait plus la gorge) et elle regardait en souriant monter les volutes sur le bleu du ciel.

- J'ai envie de me baigner dans rivière.
- Aille! On a même pas amené nos costumes de bain.
- Tant pis pour les costumes de bain, y'a pas personne qui va venir icitte.

Andréanne hésitait. Elle avait envie de se baigner mais toutes ses amies avaient la poitrine mieux formée qu'elle et elle ne tenait pas à faire étalage de ses carences.

- Qui ce que c'est qui fait la memère ast'heure?

Elle céda. Il ne fallait pas que la dissension vienne troubler un après-midi aussi agréable.

L'eau était fraîche et elle frissonna. Pendant que les autres entraient lentement, laissant leurs corps s'habituer au changement de température, elle se jeta résolument dans le courant. Ainsi il ne serait pas dit qu'elle était une peureuse et sa poitrine restait moins longtemps exposée à la vue.

Ces moments de liberté totale et de joie avaient malheureusement une fin.

- J'vas sentir la boisson.
- J'avais pensé à ça. J'ai de la gomme.

Puis la course momentanément interrompue reprenait de plus belle. L'école, le restaurant, les petits à garder. Dans sa tête, Andréanne organisait déjà la prochaine escapade.

- Joanne, viens-tu à danse samedi soir?
- J'voudrais ben mais le père voudra jamais.
- Y'a pas besoin de le savoir. Dis-y que tu viens coucher chez nous. Y demandera pas mieux. Comme ça y va pouvoir passer sa soirée à l'hôtel.

Et on allait à la danse. Andréanne adorait danser. Elle ne «pognait» pas encore beaucoup pour employer l'expression populaire et elle devait souvent se contenter d'une autre fille pour partenaire mais elle aimait cette atmosphère, ce bruit, ce rythme, cette fébrilité dans laquelle elle se sentait vivre pleinement. En cela elle n'était pas très différente des gens de son âge qui agissent souvent comme s'ils croyaient qu'il faille être aux trois quarts assommés par le tintamarre pour pouvoir s'amuser. Afin de camoufler ses lacunes et d'augmenter ses chances, elle se maquillait outrageusement, mettait quelques mouchoirs de papier dans son soutien-gorge pour arrondir un peu et se lançait dans la mêlée comme un conquistador espagnol.

- Joanne, viens-tu avec moi aux toilettes. J'ai queque chose dans ma sacoche, pis c'est pas du rouge à lèvres.

Les toilettes jouaient décidément un rôle important dans l'introduction d'Andréanne à la chorégraphie. Elles en revenaient bientôt les joues enflammées, les fourmis aux pieds et l'ardeur assez combative pour inviter elles-mêmes à danser un garçon qu'elles choisissaient assez timide pour être sûres de ne pas essuyer un refus. Si, par malheur, la chose arrivait, elles retraitaient vers la salle de bain pour refaire leurs forces et préparer la contre-attaque.

Elles auraient été étonnées d'entendre parler les garçons en leur absence.
- La p'tite Richard, penses-tu qu'a marche?
- J'sais pas, mais a pas l'air trop farouche. As-tu vu comme a colle?
- Est ben trop jeune quand même. A pas rien à coller.

Pour elles, ce n'était qu'un jeu, une espèce de concours de popularité et elles auraient été bien surprises d'apprendre que d'autres le voyaient autrement. Simple question de perspective.

64

D'ailleurs les jeunes charmes d'Andréanne dont elle déplorait le manque de visibilité et d'éclat, ne passaient pas totalement inaperçus. Elle avait plusieurs fois surpris les yeux bridés de son patron, Tom, la détailler d'un drôle d'air. Elle n'eut pas à se demander très longtemps ce qu'il mijotait.

C'était un soir où, contre son habitude, elle était restée au restaurant après le départ des serveuses. Tom lui avait dit qu'il restait quelques tartes à peine entamées qu'il allait devoir jeter à la poubelle sous peu. Si elle voulait l'aider à ranger la cuisine avant de partir, il les lui donnerait. Elle avait accepté en pensant aux enfants.

Elle connaissait si bien la cuisine que personne n'avait à lui dire où mettre chaque chose. Les couteaux en ordre de dimensions, les couperets accrochés au rebord de la table, les bols d'étain, les grands plats nickelés suspendus au mur, en un rien de temps tout était revenu à sa place, prêt pour le lendemain. Elle songeait aux tartes et lui, à elle. Il était vieux, bedonnant et chauve et il aimait les filles jeunes, petites, avec la poitrine plate et les nattes noires comme celles de sa jeunesse à Shanghaï. Andréanne remplissait toutes les exigences sauf la dernière mais il avait décidé de ne pas lui en tenir rigueur.

- Si tu veux être gentille avec moi, je peux augmenter ton salaire.

La grammaire n'étant pas son fort, elle ne retint tout d'abord que le sens de la proposition principale, jugea qu'il était en effet opportun d'augmenter son salaire et eut le malheur de sourire. Il sourit aussi et s'approcha de près, de très près. Elle cessa de sourire. Il lui toucha l'épaule, doucement, puis laissa ses doigts glisser le long de sa blouse. En un éclair, Andréanne réanalysa la phrase, comprit que la principale était étroitement dépendante de la subordonnée, que, quoi qu'en dise Grévisse, les deux propositions n'en formaient en réalité qu'une seule, à prendre ou à laisser, et qu'elle devait faire vite. Elle fit sienne sur-le-champ la théorie qui veut que la meilleure défensive soit une bonne offensive, s'arc-bouta contre la table et, à deux mains, le repoussa si violemment qu'il faillit en tomber sur le dos. Elle en profita pour sortir en trombe sans attendre ses tartes, accompagnée d'une litanie de jurons chinois.

Par la suite, comme la mode n'avait pas encore inventé le harcèlement sexuel au travail, elle se contenta de le tenir à l'oeil et de s'arranger pour ne jamais rester seule avec lui. Pour sa part, il avait décidé que, de toute façon, il tenait aux nattes noires et l'incident fut clos. La condition n'ayant pas été remplie, elle continua de gagner 1,25$ l'heure.

CHAPITRE VI

Les relations d'Andréanne avec sa mère commençaient à se détériorer. En rangeant la chambre des filles, ce qu'elles oubliaient souvent de faire elles-mêmes, Annette avait trouvé un matin la bouteille de rhum. Elle avait décidé qu'il était temps de lui parler sérieusement.

- Andréanne, t'es rendue que tu te caches de la boisson dans tes tiroirs, ast'heure?

Andréanne se savait dans son tort mais elle essaya de minimiser l'incident.

- Rien qu'un peu, maman. Des fois on en prend un peu quand on va à danse.

- T'es trop jeune pour prendre de la boisson.

À défaut d'âge, son indépendance financière lui donnait des droits dont elle crut bon se prévaloir.

- C'est moué qui la paye, ma boisson. T'as rien à redire là-dessus.

- C'est pas la question, Andréanne. Mais la boisson, tu sais où ça peut mener, surtout commencer jeune de même.

Elle n'avait mentionné personne mais elles avaient toutes deux en tête le même exemple «d'où ça peut mener». Andréanne protesta:

- Moué c'est pas pareil, maman. J'en prends pas gros.

Annette ne savait pas ce qu'il fallait dire. Elle se contenta d'ajouter:

- On dit toujours ça. Mais fais attention à toué, Andréanne.

Elle ne répondit rien. Sa mère ne la comprenait pas.

- Est vieille, elle. Pis a connaît pas ça. A s'rappelle pus ce que c'est qu'être jeune pis vouloir avoir du fun. À part de ça que son fun, elle, a l'trouve ailleurs.

Annette avait commencé à inviter à la maison un homme qui lui plaisait bien. Il s'appelait Réal, il était grand, poli et jovial. Un après-midi que Marie-Ange était rentrée de l'école à l'improviste, il était à la maison avec Annette qui normalement dormait l'après-midi puisqu'elle travaillait la nuit. Il prenait un café dans la cuisine et n'avait pas de chemise sur le dos. Marie-Ange n'avait pu garder ça pour elle et l'avait dit à Andréanne. Celle-ci avait réagi assez violemment:

- A pas eu assez de petits encore à son goût. Y va falloir qu'a recommence.

- On va peut-être avoir un beau-père avant longtemps.

Du coup les deux soeurs, qui s'entendaient comme chien et chat, devenaient alliées devant le danger que cette intrusion posait.

- Me semble qu'a passé cet'âge-là.

- En tout cas moué, qu'a vienne jamais me dire de pas aller à danse parce que j'vas savoir quoi répondre.

Il ne leur venait même pas à l'idée que leur mère n'avait après tout que quarante-six ans, qu'elle était veuve et libre, et qu'elle avait encore sa vie à faire. Les enfants ont souvent cet égoïsme de croire que leurs parents n'existent que pour eux, qu'ils n'ont pas et ne doivent pas avoir de sentiments, d'aspirations et d'impulsions qui ne leur sont pas reliés. Puisque sa mère n'agissait pas à son gré, elle décida qu'elle aussi allait dorénavant faire à sa tête sans s'occuper de l'opinion des autres. Chacun pour soi.

Un dimanche matin où elle s'était couchée particulièrement tard, elle sentit sa mère la secouer alors qu'elle avait l'impression qu'elle s'endormait tout juste. De plus, elle avait un de ces maux de tête. Le temps était venu de mettre ses théories en pratique.

- Andréanne, lève-toué. Ça va être le temps de partir pour la messe.

- J'y vas pas à matin.

La réaction avait été plutôt sèche.

- Es-tu malade?

- J'sus pas malade. J'ai décidé de rester couchée, moué. J'ai droit.

Annette n'avait pas l'habitude de se laisser parler sur ce ton. D'un geste, elle arracha les couvertures du lit et dit d'un ton trop calme avant de sortir de la chambre:

- T'as deux minutes pour t'habiller.

La jeune fille comprit qu'elle n'avait pas le choix. Alors elle s'exécuta en bougonnant.

- J'm'en vas sacrer mon camp d'icitte pis ça sera pas long non plus.

Andréanne n'était pas le seul souci d'Annette Richard. Elle en avait un beaucoup plus aigu, Patrick. L'enfant était en révolte ouverte contre elle, contre l'école, contre les adultes, contre la société tout entière. Elle n'avait aucun contrôle sur ses allées et venues. Il ne demandait jamais aucune permission et sortait le matin pour ne revenir qu'à la nuit tombée. Dès qu'il mettait les pieds à l'école, ce qui n'était pas souvent, il s'arrangeait pour s'en faire expulser et n'y revenait que sous escorte de la police qui l'avait arrêté pour délinquence ou avec l'officier d'assiduité qui était parvenu à lui mettre la main au collet. Il recommençait à tout faire de travers, on le mettait dehors pour quelques jours et on ne le revoyait pas avant des semaines.

On avait tout essayé, les méthodes douces, les méthodes dures, les menaces, les punitions, les récompenses. Rien n'y faisait. On avait tenu des conférences et discuté le cas. On avait dit à Annette qu'en dernier ressort, c'était son problème à elle. Le directeur de l'école ne pouvait que l'expulser quand il troublait la bonne marche des classes, l'officier d'assiduité ne pouvait que le rechercher et le ramener à l'école quand il n'était pas sous le coup d'une suspension et la police ne pouvait intervenir que s'il se rendait coupable d'un méfait. De plus, ils étaient fatigués de devoir toujours s'occuper du même enfant. Annette ferait bien d'y voir avant qu'il soit trop tard.

La société est ainsi faite que ses soupapes fonctionnent toujours bien en théorie et même en pratique quand on ne les utilise pas trop souvent. Mais à la longue, elles s'usent et ne s'ouvrent plus. Il vint un temps où Patrick ne se montra plus à l'école, le directeur cessa donc de l'expulser et l'officier d'assiduité de le rechercher par tout le village. La police n'ayant rien de précis à lui reprocher, se contentait de le tenir à l'oeil et la mère, ne sachant que faire, ne faisait rien. C'était le calme qui précède la tempête.

Pendant ce temps, Patrick en était à s'inventer un mode de vie plus en accord avec ses goûts que l'ancien. Il s'était acoquiné avec deux autres individus de la même trempe que lui mais plus âgés et avec eux divisait son temps entre le cinéma, la salle de billard et les débits de boissons clandestins appelés «bootleggers». C'était une existence agréable, paresseuse et sans contrainte. Il fumait, buvait et savait tenir sa place comme un homme dans les parties de poker. Il ne s'ennuyait pas de l'école, n'avait jamais vraiment goûté au travail et ne tenait pas à y goûter. Il n'avait donc aucun problème. Ou plutôt si, il en avait un. L'oisiveté coûte cher et ne rapporte rien. Patrick était toujours à court d'argent. Au début, il avait ciré les souliers et déblayé de la neige. Mais c'était ennuyeux et ça ne rapportait pas assez. Puis il avait quêté auprès de ses frères et pris sans demander à sa mère. Mais ses frères avaient appris à dire non et sa mère à cacher son sac à main. Il était resté sans ressources.

Heureusement pour lui, il avait ce trait de famille que le lecteur aura déjà reconnu chez son père, sa mère et sa soeur, la débrouillardise. Il avait d'abord «trouvé» des montres que le propriétaire du magasin d'articles d'occasion lui prenait à moins de la moitié de leur valeur réelle. Puis il avait réussi à soulager quelques ivrognes de la liasse qui leur encombrait les poches et que, de toute façon, ils allaient perdre avant la fin de leur cuite.

Pourtant l'occasion ne se présentait pas assez souvent à son gré et ça ne suffisait pas à ses besoins. Comme l'alcool qui engendre la soif, la possession d'argent ne faisait qu'attiser son désir d'en obtenir davantage. Ses compagnons, voyant quel parti ils pourraient tirer de lui, s'étaient chargés de lui venir en aide. Il était petit (un autre trait de famille) et pouvait se faufiler par une fenêtre entrebâillée de chambre à coucher du rez-de-chaussée à partir des épaules d'un associé. Il était agile et pouvait grimper au deuxième en s'aidant des arbres, des descentes de gouttières ou des entrées d'électricité. Il récoltait les montres, les bijoux et tous les objets de petites dimensions qui pouvaient avoir quelque valeur.

Ensuite, on passait aux voitures. Il était bon élève et il avait vite appris à siphonner un réservoir et à ouvrir un coffre à l'aide d'un pied-de-biche. Il y trouvait parfois de la boisson, souvent des outils, des roues de rechange et suivant la saison, des articles de pêche, des moteurs hors-bord et des carabines. On mettait l'essence dans la voiture du comparse, on buvait la boisson et on écoulait le reste de la marchandise contre de l'argent sonnant qu'on se divisait. Pour ses compagnons, l'arrangement était d'or: Patrick prenait presque tous les risques et partageait les profits sans maugréer. Il était adulé, fêté et fier comme un poisson qui découvre l'eau.

Vers cette époque, un nouveau secteur d'activité s'offrit à ceux qui avaient l'esprit d'entreprise. Comme le village était prospère et le travail abondant, les gens avaient parfois de l'argent en poche dont ils ne savaient que faire. Il se créait aussi un nouvel état d'esprit, une espèce de folie collective, qui faisait que les gens étaient prêts à essayer n'importe quoi. C'est ainsi que les drogues commencèrent à se répandre sur le marché noir. Les pionniers en étaient des marchands ambulants, des genres de colporteurs qui écoulaient leur marchandise et disparaissaient ensuite sans laisser de traces. Des esprits éclairés ne pouvaient manquer de voir le parti à tirer de cette situation et les compagnons de Patrick étaient des gens avisés. Ils ne furent pas longs à mettre au point une stratégie digne du Pentagone.

Comme tout commerce, celui de la drogue compte deux aspects bien distincts, celui de l'approvisionnement et celui de la vente au détail. Patrick fut totalement exclu du premier, au cours duquel il fallait trouver des bailleurs de fonds et établir des contacts. Quand ce fut fait, Rosaire, celui qui possédait la voiture, se chargea d'aller cueillir la marchandise. Tout se passa sans anicroche. Il ne restait plus qu'à l'écouler. C'est là que les talents naturels de Patrick furent mis à contribution. Il connaissait tout le monde et on ne se méfiait pas de lui. Il fréquentait les milieux propices à la consommation du produit et sa présence n'y causait aucun remous. Les clients, ayant été bien servis une première fois, lui en redemandaient. Il n'eut aucune peine à se tailler une part importante du marché. Et les profits étaient fabuleux. Patrick roulait sur l'or et flottait dans les nuages.

L'opération fut plusieurs fois recommencée et toujours avec le même succès. Patrick, dont la prudence n'avait jamais été la vertu dominante, perdait toute retenue. Il affichait une montre en or, fumait des Havanes et offrait sa marchandise en public.

Sa mère commençait à trouver bizarre le luxe trop ostensible de son rejeton. Elle s'informa, fut mise au courant et fut horrifiée. Elle essaya de lui parler. Il ne nia rien.
- Si t'en veux m'man, c'est moué qui vend le meilleur en ville. Pour toué, j'vas faire un prix spécial.

Que voulez-vous répondre à une offre aussi alléchante? Rien. C'est ce qu'elle fit. Mais elle avait reçu un choc. Comment pareille chose pouvait-elle arriver à une aussi bonne chrétienne? Ce ne pouvait être que la punition de sa liaison avec un homme. Elle l'interrompit mais contre toute attente, le commerce de son fils continuait de prospérer. Elle en perdait le sommeil et l'appétit. Elle invoqua Ste Anne, St Joseph, St Jude et bien d'autres individuellement et en groupes. Rien n'y faisait. Finalement, ne sachant plus, comme on dit, à quel saint se vouer, elle décida d'aller voir le curé, qui n'en était pas un.

Il se montra très compréhensif mais avoua que la chose le dépassait un peu et lui conseilla d'aller trouver les autorités compétentes. C'était la dernière chose qu'elle voulait faire. Il offrit de servir d'intermédiaire. Elle accepta. On finit par conclure une entente avec la police. On donnait les noms en échange de quoi la police s'engageait à ne rien rendre public.

Patrick fut soumis à une surveillance serrée et pris la main dans le sac. Tel que promis, on n'intenta contre lui aucune poursuite pour le moment. On lui laissa le choix. Adhérer à un programme des plus spartiates ou répondre à des accusations de possession et de trafic de drogues. Tout bien considéré, il choisit le programme en maudissant son sort.

Il devait être à l'école de neuf heures du matin à quatre heures de l'après-midi. De six heures du soir à huit heures le lendemain matin, il devait être à la maison. En fin de semaine, même horaire pour la nuit et le jour, sa mère devait savoir en tout temps où le trouver. Interdiction stricte de parler à ses anciens complices. De plus, on le fouillerait à l'improviste et s'il était trouvé en possession de drogues, on ressortirait les accusations.

Sa vie tout entière s'écroulait. Il perdait du coup son filon, ses amis, son indépendance et il était par surcroît obligé de retourner à l'école. Il est dur à quatorze ans, quand on a été un homme, de redevenir un enfant.

Andréanne avait suivi les événements de près et passé par toutes les transes de la peur, l'horreur, l'effroi, l'admiration et le soulagement. Tous ces sentiments, c'était la révolte de Patrick qui les lui inspirait. Enfin, puisqu'il allait maintenant à l'école, elle pouvait penser à elle-même et l'oublier un peu.

Elle avait quinze ans et terminait sa dernière année d'école primaire. Les vacances d'été approchaient mais elle ne savait pas encore ce qu'elle allait en faire. Une chose était certaine: elle dirait adieu aux religieuses de façon définitive. Elle ne s'en plaindrait pas.

C'était le printemps le plus merveilleux qu'elle eût jamais vécu. Les lilas faisaient plus de fleurs, le ciel était plus bleu et elle trouvait les gens de son entourage de rapport plus agréable et de meilleure humeur. Elle se hâtait le matin de se rendre à l'école, disait bonjour gaiement à tous ceux qu'elle croisait sur son chemin, rêvait en souriant aux anges pendant les classes, n'avait pas un geste d'humeur ou une parole mordante de toute la journée. Le midi, elle était patiente avec les petits et serviable. Le soir, sitôt l'école terminée, elle s'envolait vers le restaurant, saluait les serveuses avec effusion et le patron avec politesse (elle l'appelait monsieur plutôt que Tom pour garder ses distances). Puis elle se mettait au travail et reprenait son rêve où elle l'avait laissé. Ces heures de travail ardu qui lui occupaient les mains mais lui laissaient la tête libre lui semblaient un délice. Andréanne était heureuse.

La cause de cet émoi s'appelait Eric. Il était grand, assez costaud et blond. Il fréquentait l'école secondaire qu'elle fréquenterait aussi bientôt. Il avait dix-sept ans, il était fils d'un contremaître de scierie, bon joueur de hockey et Andréanne regrettait que la saison du hockey fût déjà finie car elle venait de se découvrir une passion pour ce sport.

Il avait marché avec elle au retour de l'école et lui avait offert de porter ses livres. Il avait parlé de l'école secondaire, de ses professeurs et des vacances qui allaient venir. Puis, il y avait eu un silence. Alors il avait demandé à brûle-pourpoint, d'un souffle:

- M'accompagnerais-tu à danse samedi soir?

Andréanne s'était arrêtée sur le trottoir. Jamais musique céleste n'avait apporté son plus harmonieux à son oreille. Il avait fait encore un pas puis s'était tourné vers elle, surpris de la voir s'arrêter. L'attente se lisait dans son regard. Elle le regardait comme si elle le voyait pour la première fois. Elle avait retenu sa réponse quelques secondes: il ne fallait pas montrer trop d'empressement. Les jeunes filles ont une sorte d'instinct pour ce genre de

75

chose qui leur fait accueillir un premier aveu ou une première invitation comme si elles en recevaient dix par jour. Un garçon peut rester gauche et lourdaud jusqu'à vingt-cinq ans mais une enfant devient femme automatiquement dès qu'un garçon la considère comme telle.

- Ça me ferait plaisir.

Il avait déjà arrêté les détails.

- Je passerai par chez vous vers 8h30.

Il l'avait bientôt laissée devant chez elle et était reparti en sifflant. Mais le coeur d'Andréanne n'avait plus repris son volume ni son rythme normaux.

Elle avait averti le Chinois deux jours à l'avance de ne pas compter sur elle ce samedi-là parce qu'elle avait des projets. Il l'avait regardée de son air normal qu'elle avait trouvé bizarre. Les yeux bridés ont toujours l'air de tout savoir. Elle s'en balançait.

Elle commença sa toilette dès cinq heures. Douche, deux shampooings, rinçage, crème-rinse, désodorisant, poudre, crème épilatoire et ce n'était qu'un début.

- Andréanne, viens souper.

Ce que sa mère était agaçante avec son souper. Qui est-ce qui pense à manger dans des circonstances pareilles? Par contre, ce n'était pas non plus le moment de commencer une chicane, alors elle alla souper en robe de chambre, pressée d'en finir.

- Pis la vaisselle? A s'fera pas tout seule certain.

Comme certaines gens peuvent être terre à terre! Elle bouillait. Mais elle fit la vaisselle avec une célérité digne d'une médaillée olympique. Puis elle reprit sa toilette: lime à ongles, poli, fard, crayon, poudre, tout y passa. Vint le moment critique du choix de la robe. La bleue était trop grande, la rouge trop voyante et la beige ne l'avantageait pas, d'où la conclusion évidente à laquelle arrivent toutes les femmes à cet instant précis:

- J'ai rien à me mettre su'le dos.

Comme elle ne pouvait aller à la danse en jupon, elle mit la bleue qu'Eric ne remarquerait même pas.

Elle mettait une dernière main à sa coiffure quand il arriva 15 minutes en avance. Marie-Ange l'annonça en criant bien fort:

- Andréanne, ton chum est arrivé.

Elle l'aurait étripée. Les jeunes se chamaillaient dans le salon. Ce manque de savoir-vivre de sa famille lui parut sacrilège en des circonstances aussi graves.

Elle avait envie de voler vers lui mais elle le fit attendre vingt minutes. Il ne devait rien savoir de son empressement. Ça faisait partie de la stratégie. Il ne savait pas comment se tenir, ni s'il devait s'asseoir ou rester debout, parler ou se taire, allumer une cigarette ou se tourner les pouces. Il risqua un brin de conversation avec Annette. Les soupirants font toujours un brin de cour à la mère, c'est bien connu. Ça doit faire partie de l'instinct du mâle.

Andréanne entra dans le salon avec une désinvolture étudiée. Jean poussa un long sifflement admiratif et Andréanne se sentit bouillir. Elle l'étriperait le lendemain. Ce soir elle avait autre chose à faire. Elle avait préparé quelques phrases qui lui semblaient de circonstances (T'es déjà arrivé. Je t'avais pas entendu), mais il ne lui laissa même pas le temps de les dire.

- Allons-y.

Et c'est ainsi qu'Andréanne partit à la conquête de l'univers.

L'entrée à la salle de danse fut triomphale. Il lui sembla que tous les regardaient et que toutes l'enviaient. Quelques-unes de ses amies étaient là. Elle les salua tout juste. Ce soir-là, pas de temps pour placoter: elle était accompagnée. Ils trouvèrent des places et s'assirent. Andréanne fit l'inventaire du lieu.

La salle était pleine. Il y avait des gens de tous les âges mais les jeunes de seize à vingt-deux ans prédominaient. C'était ce qu'on appelle une «danse de feu» c'est-à-dire une danse où les profits étaient versés à une famille dont la maison avait été ravagée par un incendie quelques semaines auparavant. La parenté des sinistrés était donc là au grand complet, exception faite des jeunes enfants. On avait un permis de vente de boissons alcoolisées et techniquement, les jeunes de moins de vingt et un ans n'auraient pas dû être admis. Mais les organisateurs avaient l'esprit large et ils savaient que plus il y avait de monde, plus les profits seraient grands. Quand la charité et la loi entre en conflit, c'est toujours la première qui prime. Ils avaient fait les choses en grand et retenu les services d'un orchestre. Andréanne tressaillit de joie: ça ferait changement des éternels disques. Tout concordait à faire de son premier bal un événement mémorable.

Quelques danses passèrent et Eric ne parlait pas de danser. En fait, il ne parlait pas du tout et Andréanne commençait à avoir des démangeaisons dans les pieds. Autour d'eux, les gens riaient et plaisantaient. Eric regardait à la ronde, un sourire niais aux lèvres. Elle se dit qu'il avait peut-être besoin d'un peu d'aide pour se dégourdir et elle prit les devants.
- Veux-tu qu'on danse celle-là?

Elle s'aperçut vite qu'il était plus à l'aise sur une patinoire que sur une piste de danse. C'était une valse mais il était clair qu'il ne le savait pas. Il regardait constamment les voisins pour savoir ce qu'il devait faire et l'imitation qu'il en faisait était plutôt grotesque. Au lieu de se laisser porter par le rythme de la musique, il demeurait raide comme une barre, allait droit devant un moment puis, quand il décidait de tourner, le faisait si brusquement qu'elle n'arrivait pas à suivre. À deux reprises, il lui marcha sur le pied. Andréanne pensait au poli qu'elle s'était mis sur les ongles d'orteils avec tant de soin.

- Ç'a t'y du bon sens être palotte de même.

Il prit prétexte de la fin du morceau pour se rasseoir. Il ne parlait toujours pas et Andréanne se demanda si elle n'avait pas dit quelque chose qui l'avait offensé. Pour alléger l'atmosphère et faire passer le temps, elle prétendit devoir aller à la salle de bain. Dans les lieux publics, la salle de bain est aux femmes ce que le quartier général est à l'armée en campagne, c'est-à-dire le lieu où l'on réajuste son tir. Quand elle revint, Eric était en grande conversation avec un de ses amis.

- Y m'dit pas un mot à moué pis quand je pars, la gueule y'arrête pas.

Mais elle n'avait pas prévu le pire.

- J'vas juste aller jouer une partie de pool avec Gilles pis je reviens tout suite après.

C'était le comble. Il allait l'abandonner là pour aller jouer au billard! Et elle qui s'était fait tout un roman de passer une soirée avec lui. Elle avala sa salive pour se desserrer un peu la gorge.

- Si tu veux.

Il partit. Elle était si désemparée que quand le grand Benoit vint la demander à danser, elle se laissa entraîner sans résistance. Benoit était le cauchemar des filles. Il était grand, dégingandé et avait les oreilles décollées. Il guettait constamment les filles seules ou celles que leurs chevaliers servants laissaient seules un moment. Neuf fois sur dix il essuyait un refus mais il était tenace et revenait sans cesse à la charge. De plus, il dansait mal. Danser avec lui équivalait à une disgrâce, à un aveu qu'on n'avait pu trouver mieux. Andréanne regretta tout de suite de n'avoir pas refusé. Mais il était trop tard et elle dut terminer la danse. Puis elle revint s'asseoir, bien décidée à ne pas bouger avant le retour d'Eric.

C'est ce qu'elle fit. Vingt minutes. Le temps s'étirait. Elle regardait sa montre toutes les deux minutes, suivant la grande aiguille des yeux comme pour la faire avancer plus vite.

- Ça prend pas tant de temps que ça à jouer une partie de pool.

Quarante minutes. Et s'il ne revenait pas? Les larmes lui montaient aux yeux. Les déceptions sont toujours proportionnelles aux attentes et celles d'Andréanne avaient été grandes. La musique était trop forte, la fumée trop dense et le rire des gens lui faisait mal. Elle regretta de n'avoir pas son flacon dans son sac à main.

- Tant pis, j'vas en trouver pareil.

Elle s'approcha du bar.

- Un rhum double avec du coke.

L'homme poussa un verre devant elle sans même la regarder.

- Le mix est là. Sers-toué.

Elle l'avala d'un trait et en commanda un autre.

- J'vas pas me laisser mourir pour un maudit sans dessein.

Mais l'alcool ne lui faisait pas l'effet escompté. Elle avait envie de pleurer.

- C'était trop beau pour être vrai.

Pourquoi était-il parti? Elle était trop petite, n'avait pas assez de poitrine? Mais elle n'y pouvait rien. Ou bien c'était sa coiffure ou sa robe?

- J'aurais dû mettre la beige.

Au fond, elle savait bien que la robe beige n'aurait rien changé.
- Maudits hommes!

Plus rien n'allait. Elle n'avait plus le goût de danser. Elle décida de partir.

Marie-Ange la vit entrer et devina à son visage que quelque chose n'allait pas. Elle avait l'air de Cendrillon à minuit et quart.
- Tu rentres de bonne heure?
- Toué, mêle-toué de tes affaires.

Elle s'endormit ce soir-là en pleurant dans son oreiller.

CHAPITRE VII

Andréanne avait été une enfant précoce et elle vieillissait maintenant à vue d'oeil. C'est qu'elle perdait ce bel optimisme de la jeunesse. Elle commençait à souscrire à la loi de Murphy qui dit que, s'il y a une possibilité, si minime soit-elle, que quelque chose tourne mal, on peut être assuré que ça se produira. Une telle philosophie est le meilleur gage d'une vie de malheurs parce qu'elle se nourrit de pressentiments et d'augures et que si les catastrophes ne se présentent pas avec la régularité à laquelle on s'attend, elle les prévoit et les engendre. Et si malgré tout, elles refusent de se matérialiser, elle leur en substitue d'autres dans le seul but de se donner raison.

- Andréanne, viens-tu à pêche avec nous autres après-midi?
- J'aimerais ça mais y va mouiller c'est certain.
- Ben non, y fait beau soleil.
- Y fait tout le temps soleil quand on part pis après ça, ça se met à tomber comme des clous.

Elle se laissait convaincre. On pêchait et le soleil continuait de briller.

- Pis Andréanne, je te l'avais dit qu'y ferait beau.
- Attends, l'après-midi est pas fini.

Le temps passait et il ne pleuvait toujours pas. Quelqu'un disait juste pour l'agacer:

- On se fait pas trop mouiller, hein Andréanne?
- Non, mais quand y fait trop beau, le poisson mord pas. Pis maudit qu'y a des mouches quand y fait chaud comme ça.

Elle avait trouvé deux malheurs pour remplacer celui qui avait refusé de survenir et se convaincre ainsi qu'elle avait eu raison. Peu lui importait de toujours tout gâcher en inventant continuellement des malheurs de rechange et de passer ainsi pour un pisse-vinaigre, pourvu qu'elle ait raison. D'ailleurs les événements se chargeaient parfois de lui donner raison et renforçaient par là sa conviction que sa perspective de la vie était la seule valable. Il aurait été difficile d'en être autrement: peut-on imaginer un été complet sans pluie? Et quand cela aurait été, elle en aurait tiré bien d'autres raisons de se plaindre: la chaleur, les moustiques, la poussière et que sais-je encore? Les événements ne sont en eux-mêmes ni agréables ni désagréables, c'est nous qui les faisons tels par notre façon de les accueillir. En ce sens, on peut dire que chacun est l'auteur de son propre bonheur ou de son propre malheur.

De plus, Andréanne était devenue experte à juger les gens. De Marie-Rose qui avait refusé une gorgée de rhum, elle disait:

- A n'en prend pas devant nous autres mais j'sus sûre qu'a n'en prend à cachette.

D'un autre qui allait à la messe tous les dimanches.

- Y va là rien que pour que le monde le voye.

Alors qu'elle avait tant besoin de l'approbation des autres, elle désapprouvait tout le monde et justifiait par là sa conduite à ses propres yeux.

-J'sors pus jamais avec les gars. Y sont ben trop égoïstes. Pis y pensent rien qu'au cul.

En réalité, personne ne la demandait pour sortir, Eric encore moins qu'un autre, parce qu'il était revenu à la danse et l'avait vue à son insu avaler un grand verre de rhum. Il s'était éclipsé et s'était juré de se tenir loin d'elle. Andréanne l'avait refoulé dans un recoin de sa mémoire après l'avoir dûment classifié et, avec lui, tous les garçons.

L'école secondaire avait d'abord créé une diversion à son dégoût envahissant de la vie. Le choix des cours et des professeurs, l'horaire individuel, les périodes libres avaient réussi à lui donner pendant un temps l'illusion qu'enfin elle était libre et qu'on ne la traitait plus en bébé. Mais cela avait vite passé.

- Un cours ou un autre, ça revient tout au même. Les professeurs sont plates.

Elle travaillait encore le soir après l'école mais le coeur n'y était plus. De toute façon, elle dépensait tout ce qu'elle gagnait et commençait à s'apercevoir que bien des choses qu'elle aurait aimé avoir étaient au-delà des moyens d'une laveuse de vaisselle.

- C'est combien le manteau de cuir dans vitrine?

- Y t'intéresse? C'est du cuir véritable, la grosse mode cette année. Pis pas trop cher non plus. Ç'a baissé depuis l'année passée. Rien que cent trente-neuf piasses.

Six semaines de salaire pour être à la mode! Tant pis, elle porterait encore le vieux manteau de Marie-Ange.

Par un bel après-midi de septembre, Andréanne rentrait chez elle après l'école quand elle entendit la sirène des pompiers. Dans les grandes villes, les sirènes sont choses assez courantes pour qu'on ne leur prête pas trop d'attention mais dans les villages où les liens communautaires sont beaucoup plus serrés, on ne peut les entendre sans un certain serrement de coeur.

- Tiens, un feu. Je me demande où ça peut être.

Par curiosité, elle changea de direction.

- On dirait que c'est l'église.

L'église était le plus gros édifice du village, la fierté du curé et des paroissiens. Elle avait été construite en 1944 au moyen de souscriptions, d'emprunts et de corvées. Elle était assez spacieuse pour abriter à la fois environ cinq cents fidèles. Son clocher dominait le village, la rivière et la campagne environnante. Elle avait la forme d'une croix. Ses fondations étaient en pierres mais par malheur, sa charpente était en bois, de la belle épinette qui séchait bien à l'abri depuis près de vingt-cinq ans. Comme isolant, les murs avaient été emplis de sciure et de copeaux de bois. Si elle avait été construite exprès pour brûler, on n'aurait pas fait mieux.

L'incendie prit de l'ampleur avec une vitesse inouïe. Au début, Andréanne ne voyait qu'une épaisse fumée noire s'échapper de la porte principale. En moins de cinq minutes, deux fenêtres avaient volé en éclats et elle vit apparaître des flammes. Puis le clocher fut à son tour envahi. Les flammes se dévoraient un passage pour apparaître sur le toit. Cent pompiers n'auraient pas suffi à les contenir. Ils n'étaient que huit.

Andréanne contemplait, médusée. Autour d'elle, les gens s'attroupaient. Les commentaires allaient bon train.

- Ç'a ben l'air qu'on va recommencer à cracher notre vingt piasses par mois pour l'église neuve.

- La prochaine fois, j'espère qu'y va bâtir en pierres au moins.

- Ça va donner de l'ouvrage au monde.

Celui qui avait dit cela sortait de l'hôtel. Il s'attira un commentaire sarcastique.

- Pourtant de l'ouvrage, c'est pas ça qui manque pour ceux qui veulent travailler.
- Ça doit être l'électricité qui a mis le feu.
- À moins que le curé aye oublié sa pipe dans les surplus.

Andréanne soupira:

- Ça me le disait depuis à matin qu'y était pour arriver quequechose de même.

Elle regarda sa montre.

- C'est ben beau tout ça, mais moué, j'vas être en retard au restaurant.

Cet événement allait faire les frais de la conversation pendant plusieurs semaines encore. Mais Andréanne le relégua à l'arrière-plan de sa mémoire et n'y pensa plus. Après tout, ce n'était pas son église et comme les malheurs sont faits pour arriver, celui-là s'était produit. Elle attendait déjà le prochain. D'autant plus que son attention avait été attirée par un autre événement qui la touchait de plus près: son frère, Patrick, allait partir. Il voulait apprendre un métier. Il avait trouvé une école dans le sud. Sa mère avait déjà donné son assentiment.

Andréanne trouva la chose un peu suspecte. Patrick apprendre un métier? Lui qui savait tout juste cirer les chaussures, et encore! Pourtant il lui fallut se rendre à l'évidence, Patrick partait. Il en était tout énervé. Elle apprit la vérité l'avant-veille de son départ et pendant longtemps, elle se dit qu'elle aurait mieux fait de ne pas la connaître.

Patrick faisait ses bagages. Par un geste tardif de rapprochement, elle offrit de l'aider. Il essayait de faire

86

entrer dans une boîte de carton un tigre en plâtre ou en papier mâché.

- Pas comme ça. Tu vas y casser la queue.

Elle tenait la boîte pendant qu'il essayait le tigre dans une autre position.

- Penses-tu que tu vas aimer ça l'ébénisterie?

Le mot était une addition récente à son vocabulaire et lui écorchait encore un peu la bouche. Il haussa les épaules d'un air d'indifférence.

- Y me semble que t'étais plus faite pour les affaires ou ben le commerce.

Il se décida à parler.

- Je m'en vas pas apprendre un métier pantoute. C'est des inventions d'la mère tout ça.

Elle se redressa interloquée.

- Ben où c'est que tu t'en vas, d'abord?

- À Montréal, mais j'sais pas encore ce que j'vas faire. J'vas rester chez mon oncle Armand pour commencer.

- Si tu vas pas apprendre un métier, pourquoi c'est que tu t'en vas?

Il se redressa aussi, le regard dur, un air de défiance sur le visage:

- C'est moué qui a mis le feu dans l'église.

Un frisson lui parcourut l'échine. L'énormité de l'aveu l'écrasait. Elle revoyait les flammes se tordre autour du clocher. Mais elle ne comprenait pas pourquoi faire une chose pareille?

- Toué! Pourquoi?

- La mère pis le curé avaient été nous vendre à police. Je pouvais quand même pas donner la volée à ma mère mais j'ai décidé de montrer au curé à se mêler de ses affaires.

Andréanne était horrifiée.

- Maman le sait?

- Ben sûr que la mère le sait. Qu'est-ce que c'aurait donné de me revenger si personne était au courant? J'y'ai dit le même soir.

Andréanne ne trouva rien de plus à dire. Elle regardait son frère, ce gamin à l'air frêle qu'elle avait toujours pris pour un petit voyou, une tête sans cervelle et qui était en réalité un monstrueux criminel. Ce n'était pas assez d'avoir planifié son forfait et de l'avoir exécuté de sang-froid, il avait fallu en plus qu'il revienne s'en vanter à sa mère. Andréanne revit Annette, ses cheveux grisonnants, son front ridé, son air battu. Patrick la regardait imperturbable, comme s'il venait d'avouer une peccadille.

- Je m'en vas d'icitte, Andréanne, pis j'sus ben content. Icitte, y'a pas moyen de rien faire que t'as tout le monde su'l'dos. Dans grosse ville, c'est pas pareil. Pis j'serai pas tout seul. J'ai des noms pis des adresses. J'vas ben me débrouiller, tu vas voir.

Il avait l'air de prêcher, le verbe exalté, l'oeil en feu.

- Laisse-toué pas avoir toué non plus, Andréanne. Icitte, tout ce qu'y veulent, c'est que tu marches comme eux autres, que tu travailles comme eux autres pis que tu manges comme eux autres. Si tu fais ça, t'es ben correct. T'as droit à ta p'tite maison, ton char pis ta bière le samedi soir. Tu passes ta vie à t'éreinter pour envoyer du deux par quatre aux Etats. La première chose que tu sais, tu vieillis dans un village raculé par le tonnerre pis t'as jamais rien vu. Ben moué c'te vie-là, j'leu'laisse. J'ai envie de voir queque chose avant de crever. Pis toué aussi Andréanne, défends-toué avant qu'y soye trop tard. Autrement y vont t'embarquer dans leu'roule. Quand tu vas avoir six petits sur les bras, ça sera pus l'temps. Fais comme moué, sac'ton camp!

88

Bien après que Patrick fût parti, Andréanne devait penser encore à ce «sac'le camp». Mais il lui semblait que, contrairement à lui, elle parvenait à s'accommoder de sa vie, qu'elle n'était peut-être pas brillante mais que rien n'indiquait qu'elle serait meilleure ailleurs. L'inconnu lui faisait peur et d'instinct elle lui préférait sa vie actuelle qu'elle n'aimait pas particulièrement mais qui avait ceci de rassurant qu'elle était connue et que, par là, elle n'était pas si terrible. Elle entrevoyait l'avenir comme un nuage noir parce qu'il faisait lui aussi partie de l'inconnu. Sans s'en rendre compte, elle calquait l'avenir sur le passé et en concluait aisément que les épines seraient plus nombreuses que les roses. À s'en faire ainsi pour l'avenir, elle oubliait de profiter du présent. Aujourd'hui n'est jamais terrible et elle oubliait qu'aujourd'hui n'est somme toute que le demain dont elle avait peur hier. Elle participait par là à la plus grande faiblesse des êtres dotés d'intelligence, qui consiste à gâcher un présent heureux pour la simple raison qu'ils le savent éphémère, à gâcher la vie en pensant à la mort ou à gâcher la joie en pensant à la peine. Une des plus grandes sagesses à laquelle l'homme puisse atteindre, c'est de savoir profiter du moment présent et cette sagesse, il faut bien l'avouer à notre honte, tous les autres animaux l'ont à un degré supérieur et sans même la rechercher parce qu'ils ne sont pas encombrés d'une intelligence qui cherche à tout prévoir. Tout se paie en ce bas monde et cette intelligence à laquelle nous tenons tant menace trop souvent l'équilibre délicat de notre sérénité. Pourtant est-il possible de trouver le bonheur si nous ne parvenons pas à la tenir en laisse et à l'empêcher de gambader loin devant?

Quand Andréanne songeait à l'avenir, de plus en plus elle songeait au mariage. Elle ne se faisait pas trop d'illusions sur ses capacités intellectuelles et une «carrière» de laveuse de vaisselle n'avait rien de très attirant. Alors elle se disait que le mieux serait de laisser l'école et de se trouver un meilleur emploi ou, encore mieux, un homme qui avait un emploi. La vie conjugale envisagée dans cette optique des plus prosaïques ne l'enchantait pas beaucoup mais elle croyait sincèrement qu'elle pourrait s'en accommoder.

- Rien qu'un gars ben ordinaire qui a pas peur de l'ouvrage. Y'aurait pas besoin d'être ben beau ni ben fin. D'abord qu'y m'aime un peu.

Elle ne demandait même pas à l'aimer et ne songeait pas un instant qu'en limitant ainsi ses aspirations de peur de les voir déçues, elle compromettait fortement ses chances de les réaliser. Les Anglais appellent ça des «self-fulfilling prophecies». Ça me fait penser à l'ivrogne qui prend une cuite parce que sa femme dit qu'il boit trop et menace de le laisser ou à la dévote qui investit toute son espérance et son énergie dans la préparation d'une vie ultérieure parce que celle d'ici-bas n'en vaut pas la peine. À leur exemple, Andréanne s'inventait un mari banal parce qu'elle ne croyait pas en mériter un plus intéressant. Elle se dépréciait elle-même et ne se rendait pas compte qu'elle était infiniment plus exigeante à son égard qu'elle ne l'était envers les autres.

- J'sus pas belle avec ma cicatrice su'la joue pis mes petits tétons. J'sus pas ben ben fine ni ben ben intelligente non plus. Y'a pas gros de chances que je décroche un Rock Hudson.

Par contre, quand elle avait pris quelques verres, elle se voyait très bien au bras d'un Rock Hudson. Elle ne détonait plus, elle était elle-même une Raquel Welsh. À croire que l'alcool avait un conduit spécial pour se jeter dans son soutien-gorge. À certains, il enfle la tête, à d'autres… Elle n'avait jamais été une timide mais son comportement quand elle avait bu devenait franchement agressif. Elle se dédommageait alors de la piètre opinion qu'elle avait d'elle-même en s'en prenant aux autres. Elle ne se laissait pas, comme on dit, «piler sur les pieds». Comme son père dont elle se faisait fort de ne pas marcher sur les traces, elle était à faire la découverte du remède universel qui lui servait pour le moment à soigner ses craintes face à l'avenir et son complexe d'infériorité.

Elle commençait aussi à commettre des gaffes assez sérieuses. À sa mère qui lui reprochait de négliger ses devoirs, elle avait répondu carrément de se mêler de ses affaires. Elle l'avait aussitôt regretté en voyant l'air peiné d'Annette mais il était trop tard et elle ne savait pas s'excuser. Une autre fois, à une noce, elle était venue s'interposer entre sa cousine et son mari pour réclamer qu'il danse avec elle. Après une danse elle avait voulu en danser une autre puis une troisième. Il avait dû la reconduire à son siège pour se débarrasser d'elle. Sa cousine était furieuse. Quand elle y repensait le lendemain et les jours suivants, Andréanne n'arrivait pas à trouver de raisons pour justifier sa conduite.

- Pourquoi c'est que j'ai faite ça?

Agissait-elle ainsi par dépit, parce qu'elle ne pouvait supporter de voir les autres s'amuser alors qu'elle restait dans son coin? Ou bien était-elle réellement méchante et essayait-elle de faire mal par exprès?

- J'étais pas mal réchauffée.

Le remède-miracle pouvait aussi servir d'alibi. Les avocats de causes criminelles savent bien que quand un client ne peut nier devant l'évidence avoir commis un certain acte, il ne leur reste plus qu'à trouver une explication au fait qu'à ce moment-là, il n'était pas dans son état normal. C'est ce qu'Andréanne faisait et elle s'évitait par là de devoir se juger elle-même trop sévèrement.

Pas très longtemps après son seizième anniversaire, elle fit une autre découverte. C'était au cours d'un party que sa soeur Marie-Ange avait organisé à la maison. Les invités étaient bien entendu des amis de sa soeur et ils étaient tous plus âgés qu'Andréanne de quelques années. Elle les connaissait plus ou moins et se sentait un peu comme une intruse. Elle n'était là que parce qu'elle était chez elle, qu'elle avait été assez curieuse pour y rester et qu'elle n'était pas assez jeune pour que Marie-Ange use de son autorité pour l'envoyer au lit comme elle l'avait fait à Alice et Jean.

Marie-Ange avait mis de la musique et offert de la bière à ceux qui en voulaient. Tout le monde était assis un peu au hasard, sur le divan, les chaises ou même par terre à la bonne franquette. La conversation portait sur le film «Zorba» qui venait de passer au cinéma local.

- Si c'est ça les party des vieux, songea Andréanne, c'est plutôt plate.

Près du tourne-disque, en face d'elle, un gros blond appelé André avait sorti une blague à tabac et se roulait une cigarette. Andréanne le regardait faire avec mépris.

- Même pas capable de s'acheter des cigarettes faites pour venir dans une soirée. Marie-Ange a les choisit pas trop, ses amis.

Il alluma la cigarette et après en avoir aspiré une bonne bouffée, la passa à sa voisine de gauche qui, tenant la cigarette entre le pouce et l'index, aspira fortement, retint la fumée aussi longtemps que possible avant de la rejeter et passa la cigarette à son voisin. Le mépris d'Andréanne s'était transformé en une vive curiosité. Il y avait là une atmosphère, un sérieux, une façon de tenir la cigarette qui faisait plutôt penser à un rite religieux qu'à un acte mondain.

- Y fument de la dope.

Elle pensait à toute allure. La cigarette faisait sa ronde et venait inexorablement vers elle.

- J'vas passer mon tour. J'ai ben assez de défauts comme ça.

92

Marie-Ange était encore entre elle et la cigarette. Andréanne la regardait comme si le comportement de sa soeur devait lui dicter le sien.

- J'vas passer pour une belle dinde.

Marie-Ange prit la cigarette d'un geste qui dénotait une certaine habitude et aspira, la tête rejetée vers l'arrière. Andréanne hésitait, la cigarette était tendue vers elle.

- Tant pis, pour une fois.

Elle aspira fortement comme elle l'avait vu faire, les yeux à demi fermés puis remis la cigarette à son voisin. Elle s'attendait à un déclic, une fanfare ou un éclair mais elle fut déçue. Il ne se passait rien.

- C'est bon rien c'te maudite dope-là. J'ai peut-être pas assez puffé.

Autour d'elle, la conversation avait repris, calme, presqu'en sourdine. La cigarette commençait son deuxième tour. Avant de la reprendre, Andréanne s'assura de bien se vider les poumons. Elle aspira. Elle entendit Marie-Ange lui chuchoter:

- T'apprends vite.

Elle se sentait tout à fait détendue et d'humeur agréable. Elle se mit à parler avec son voisin puis se leva pour remettre le disque sur l'autre côté et alla s'asseoir par terre près d'André. Les amis de sa soeur étaient ses amis. Elle se sentait tellement bien avec eux.

On dansa. Elle se laissait aller à la musique étroitement enlacée. Quand la bouche d'André chercha ses lèvres, elle ne les refusa pas. Elle n'en avait pas envie. Elle pensait à un poème de Baudelaire que son professeur de français avait lu en classe et qui lui revenait par bribes.

«Là, tout n'est qu'ordre et beauté
Luxe, calme et volupté.»

Ce poème qui l'avait laissée indifférente au moment où elle l'avait entendu, lui semblait tout à coup merveilleux. Un peu plus tard, André alluma une autre cigarette qui se mit à faire le tour. Il sembla soudain qu'il y avait moins de monde dans le salon. Elle s'avisa que Marie-Ange et Serge n'y étaient plus. Elle n'eut aucune peine à imaginer où ils étaient et ce qu'ils faisaient mais elle n'en était ni offusquée ni scandalisée. Elle se sentait bien. Dans ce monde ouaté où elle évoluait au ralenti, elle ne voyait plus que des sourires. Elle songea que la drogue est une chose merveilleuse et qu'elle avait un deuxième allié dans sa lutte pour alléger le fardeau de l'existence.

Les lèvres et les mains d'André se faisaient plus pressantes. En dansant elle avait senti s'éveiller sa virilité. Elle n'en avait éprouvé aucune répulsion, plutôt une sorte de fierté, comme un pouvoir nouveau qu'elle se découvrait sur lui. Elle s'esquiva doucement, ne voulant rien brusquer. Il souriait et elle vit qu'elle ne l'avait pas offensé. C'était une soirée mémorable.

Quand elle s'éveilla le lendemain matin, elle se sentait délicieusement bien, la tête encore pleine de la veille. Pas de mal de coeur ou de tête, seulement une douce lassitude.

- Moué qui pensait que ça allait être plate. C'est curieux comme toute tourne toujours le contraire de ce qu'on avait cru.

CHAPITRE VIII

Nul ne saura jamais qui mène nos destinées. Est-ce un
esprit maléfique, la Providence ou le simple hasard qui a
fait qu'un lointain ancêtre a décidé de quitter sa Normandie
natale pour le lointain Canada ou que mon père a choisi
l'Ontario pour parer les coups d'une crise économique qui,
pourtant, y sévissait tout autant qu'au Québec? Qui est-ce
qui décide qu'un tel naît blanc, riche et en santé et un autre
noir, pauvre et malade? Qui que ce soit, nous devons bien
avouer que la très grande majorité des circonstances de
notre existence échappent totalement à notre contrôle. Dès
qu'on s'arrête à y penser, qu'on se demande pourquoi on
habite tel pays ou telle ville, pourquoi on exerce tel métier
ou telle profession, pourquoi on a épousé une telle plutôt
qu'une autre, les réponses qu'on obtient sont presque
toujours évasives et peu convaincantes. Je connais une jeune
femme de l'Ouest en voyage vers Québec, dont la voiture
est tombée en panne à Sudbury en 1943 et qui s'y trouve
encore au moment où j'écris. Elle a neuf enfants et quelques
douzaines de petits-enfants. Vous savez ce qu'elle avait sa

voiture? Le réservoir était vide. J'ai déjà lu quelque part qu'il était très possible qu'Hitler ait pris les Juifs en haine après avoir attrapé la syphilis d'une Juive. Pour un tout petit bacille invisible à l'oeil nu, il aurait fait massacrer six millions de personnes. Quand on pense que le type qui a la main sur la manette de l'arsenal nucléaire américain a peut-être déjà rencontré une belle jeune Russe aux moeurs trop légères, c'est à vous en donner la chair de poule. Tout ce qu'on peut espérer, si la chose s'est produite, c'est qu'elle n'aimait pas les acteurs américains.

Il n'y avait rien de commun entre Andréanne et André sauf cette cigarette qu'ils avaient partagée. Il était gros, indolent et assez paresseux de nature, elle, petite, vive et toujours active. Il était étudiant en deuxième année du baccalauréat et se passionnait de littérature et de philosophie, ce qui la laissait tout à fait indifférente. Quant à savoir s'il lui plaisait ou non, il faut dire qu'elle ne s'était jamais posée la question.

Il l'avait revue plusieurs fois. Il aimait la chasse à la perdrix et elle aimait marcher dans les bois en automne. Elle l'accompagnait souvent après l'école. Le Chinois en était quitte pour laver sa vaisselle lui-même. Pendant des heures, parfois jusqu'à l'obscurité, ils suivaient des sentiers ou s'enfonçaient en pleine forêt. Il était inlassable, elle non, mais dès qu'il la voyait fatiguée, il faisait semblant de l'être et décrétait une halte. Elle profitait du soleil, de l'air pur, du paysage. Il scrutait les buissons et les sous-bois. Quand il tuait une perdrix, ce qui n'était pas souvent parce qu'il visait mal, elle en était tout attristée et lui tout joyeux. Elle adorait le faire marcher:
    - En v'là une là, à côté du gros bouleau.

Il accourait. Son instinct atavique de chasseur fouetté par la présence de la proie, l'adrénaline coulait à flot. Ce n'était qu'une pie. Il prenait un air fâché. Elle riait.

Le vendredi soir, ils allaient au cinéma. Il raffolait des films de guerre ou d'aventures exotiques. Elle préférait les films d'amour ou d'horreur. Il n'y avait en tout et pour tout qu'un cinéma, alors ils regardaient le film qui était à l'affiche. Invariablement, s'il l'aimait, elle le trouvait moche et vice-versa.

Il n'aimait pas danser mais allait quand même aux danses pour l'accompagner. Il aurait préféré de beaucoup l'emmener chez lui ou aller chez elle. Pour elle, une soirée à la maison était une soirée manquée. Elle disait qu'elle avait besoin de «voir du monde». Les foules le fatiguaient. Elles la mettaient en fête.

Jamais deux êtres n'avaient semblé moins faits pour s'entendre. Pourtant depuis le party de Marie-Ange, ils étaient inséparables. Les amies d'Andréanne s'en étaient rendu compte avant elle. Ginette avait dit, une pointe de jalousie dans la voix:
- On te voit pus depus que tu sors steady.

C'était donc officiel. Elle en avait ressenti un petit velours de fierté au coeur. André était étiqueté par là comme le sien. Elle ne l'avait pas recherché, ni lui non plus. C'était arrivé comme ça, par hasard. Elle n'avait aucune raison de s'en plaindre. La vie était moins grise depuis qu'elle avait quelqu'un à qui parler, à qui confier ces mille et un secrets qu'a chaque personne. Elle n'était pas vraiment en amour mais elle était à l'aise avec lui et éprouvait sincèrement le désir de lui rendre le bien qu'il lui faisait.

André était assez bonasse. Pourvu qu'on ne le bouscule pas, il pouvait s'entendre avec n'importe qui. Andréanne prenait souvent avantage de sa nature flexible. Elle aimait l'entortiller autour de son petit doigt. Elle entrait dans un magasin.
- Attends-moué, j'serai pas longtemps.

Elle ressortait au bout de trois quarts d'heure, n'ayant rien acheté. Il faisait les cent pas sur le trottoir.

- Excuse-moué, j'pensais pas que ça prendrait autant de temps.

En réalité, elle avait traîné d'un étalage à l'autre, marchandé sans intention d'acheter, perdu du temps simplement parce qu'elle savait qu'il l'attendrait, parce qu'elle prenait plaisir à constater son pouvoir sur lui. Pour la première fois de sa vie, elle avait l'impression de dominer un autre être humain et elle savourait les délices de la domination sans se douter de ses dangers.

Un soir elle s'aperçut qu'elle avait sur lui un ascendant d'une autre nature qu'elle n'était pas sûre de bien contrôler. Ils étaient seuls chez lui. Il venait d'acheter un nouveau disque et l'avait invitée à l'écouter avec lui. Elle était assise sur le divan auprès de lui et il avait passé un bras autour de ses épaules. Elle se sentait bien, contente d'être là, contente surtout d'être avec lui. Elle pencha sa tête sur son épaule. Il lui caressait l'épaule. Elle tourna la tête légèrement vers lui et leurs lèvres se rencontrèrent. Instinctivement, elle ouvrit un peu la bouche. Ils restèrent longtemps à s'embrasser. Sa main se déplaça de l'épaule vers le rebord de son soutien-gorge par l'encolure de sa blouse, puis se glissa à l'intérieur. Elle frissonna. Il avait les mains froides. Mais elle ne protesta pas. Ce n'était pas la première fois et d'habitude, ça n'allait pas plus loin. Quand elle jugerait qu'ils avaient atteint les limites acceptables, elle dirait:

- C'est assez André. On va rester tranquilles ast'heure.

Il l'embrassait avec une ferveur qu'elle n'avait jamais connue auparavant. Il se pressait contre elle avec une telle force qu'elle reculait imperceptiblement. Bientôt, sans que leurs bouches se laissent, elle était couchée sur le dos et lui pardessus. Le temps aurait été venu de mettre fin aux ébats. Elle n'en avait plus envie. Une douce chaleur lui montait au ventre. André respirait fortement.

Sa jupe avait été retroussée elle ne savait trop comment et les mains d'André se promenaient librement sur ses cuisses, puis sur son ventre. Elle voulut protester mais ne pouvait lutter à la fois contre lui et contre son propre désir. Il sentit sa résistance.

- Andréanne, j'sus pas faite en bois, moué.

La phrase était maladroite. Elle la prit comme une insulte à sa sensualité qu'elle était justement en train de découvrir.

- Moué non plus.

Dès lors, elle n'essaya plus d'entraver la marche des choses. Il la prit assez brutalement. Au début, elle ressentit une douleur assez vive qui bientôt se résorba pour faire place à la jouissance. Il se raidissait sous les spasmes et elle fut tout étonnée de constater que c'était déjà fini. Elle était encore à demi-ivre de volupté que déjà, il se rhabillait. Plus tard, elle devait se dire bien souvent qu'elle avait cédé beaucoup plus à son orgueil de femme qu'à l'impétuosité de sa sensualité. Elle ne regrettait d'ailleurs pas sa capitulation, elle en appréhendait simplement les conséquences.

Elle crut trouver une solution. Le dimanche suivant, elle se rendit à la messe très tôt et se confessa. Quand le prêtre lui parla de contrition et de ferme propos, elle grimaça un peu. Ils devaient lui manquer, parce que deux semaines après, ses craintes ayant été apaisées par des menstruations tout à fait normales, elle récidivait, ce qui devait arriver plusieurs fois par la suite dans l'hiver qui vint.

L'inévitable se produisit. En février elle manqua. Ses craintes, auxquelles elle commençait à être habituées parce qu'elles se transformaient jusque-là en fausses alarmes, se transformèrent cette fois-ci en affolement. Elle blâma sa mère de ne pas l'avoir mieux renseignée, André de n'avoir pas fait plus attention. Elle ne saignait toujours pas. Elle consulta un médecin qui ne put que constater ce qu'elle savait déjà. Les médecins ont une de ces façons de vous annoncer ce genre de nouvelles, comme si elles ne pouvaient être que bonnes.

- Je veux être le premier à vous féliciter: vous allez être mère.

Elle lui aurait enfoncé les doigts dans les yeux.

Ce n'était pas tout. Il fallait maintenant le dire à sa famille et à André. Elle attendit que sa mère soit seule. Cela prit quelques jours car depuis quelque temps, Réal vivait à la maison sans que ce fut officiel. Annette s'était résignée à porter le poids de son péché qui était d'ailleurs moins lourd depuis qu'il était à Montréal. Andréanne s'éclaircit la voix, s'efforçant de rester naturelle.

- Maman, j'sus enceinte.

Annette ne trouva pas la chose naturelle du tout.

- Ça se peut pas. Es-tu ben certaine de ce que tu dis là?

Andréanne fit signe que oui.

- J'ai été voir le docteur.

Sa mère invoquait les saints mais de toute évidence, ils étaient aussi impuissants qu'elle devant le fait accompli.

- Bonne Sainte Anne. Mais qu'est-ce que j'ai faite au bon Dieu?

Pas un instant elle ne songea que ce n'était pas tellement ce qu'elle avait fait au bon Dieu qui était en cause, mais beaucoup plus ce qu'Andréanne avait fait avec André, ce qui n'était rien de plus que ce qu'elle même faisait avec Réal.

- Tu le fais ben, toué avec Réal.

- Tu sais ben que c'est pas pareil. Moué j'ai passé l'âge de tomber en famille.

Il y eut un silence. Par un réflexe défensif, Annette blâmait ceux en qui elle avait mis sa confiance, c'est-à-dire le ciel et Andréanne.

- Moué qui faisait brûler des lampions pour que pus rien arrive à mes enfants. Qu'est-ce que t'as pensé?

Coincée, Andréanne se défendit.

- T'aurais pu me mettre au courant. Des pilules, ça se vend.
- Bon, v'là que c'est de ma faute. C'est elle qui couraille pis quand a tombe enceinte, c'est de ma faute à moué.
- Ben non, c'est pas de ta faute. Pis en tout cas, que ça soye de la faute à qui que ça voudra, j'sus t'enceinte pareil.
- Ben y va falloir que tu te maries. T'auras pas le choix. Qu'est-ce que le monde dirait?
- Laissez donc le monde tranquille, sa mère, c'est pas le monde qui sont enceintes, c'est moué.
- Pis André, lui, qu'est-ce qui dit de ça?
- J'le sais pas, j'y ai pas dit encore.
- Bonté divine, a y'a pas dit encore. Ben dis-y pis ça presse. Lui aussi, y'a queque chose à voir là-dedans.

Elle redoutait encore plus d'avoir à le dire à André qu'à sa mère. Il lui fallut pourtant passer par là. Il ne manifesta aucune fierté à l'annonce d'une parternité dont il se serait bien passé.

- Tu disais tout le temps que c'était pas dangereux.
- Ben, des fois, c'est pas dangereux, dangereux, mais c'est toujours dangereux un peu.
- Qu'est-ce que tu comptes faire avec ça?

La personne du verbe indiquait clairement que s'il avait fait partie du problème, il ne s'incluait pas dans la solution. Le mot «mariage» lui brûlait les lèvres mais elle n'osait le prononcer. Il fallait que l'idée vienne de lui.

- J'sais pas. As-tu des idées?

Il réfléchit un moment.

- Ça sera pas avant septembre?
- Octobre d'après le docteur.

- J'pourrais finir mon année pis me trouver de l'ouvrage. On prendrait un appartement.

C'était un compromis et consenti de mauvais gré encore. André ne faisait qu'admettre sa responsabilité. Andréanne avait espéré beaucoup plus. Elle ne s'attendait pas à des transports de joie mais il aurait pu au moins offrir de l'épouser, s'il avait été gentleman. Elle aurait pu en profiter pour accepter.

- J'sais pas ce que maman va penser de ça.

C'était à son tour de se sentir lésé.

- Ta mère pensera ce qu'a voudra, j'm'en fiche. C'est encore beau que je t'offre de te faire vivre sans être certain que ce petit-là est ben à moué.

Les larmes lui vinrent aux yeux. Comment pouvait-il douter d'elle alors que depuis des mois elle n'avait eu d'yeux que pour lui? D'un coup, qui lui semblait de fouet, elle venait de comprendre l'égoïsme fondamental de l'être humain que la physiologie du mâle lui rend plus facile.

Annette pleura, blâma Andréanne de vouloir la faire mourir et finit par céder en demandant à Dieu de l'aider à traverser cette nouvelle épreuve et de résister à la tentation de renier sa fille. Il m'a toujours semblé curieux que chez les dévots, le même mal vient de Dieu qui les éprouve ou du diable qui les tente, selon qu'il leur plaît de considérer l'un ou l'autre.

Andréanne retourna à l'école après quelques jours d'absence. Elle ne fit pas étalage de son nouvel état, se contentant de le dire à deux de ses meilleures amies sous le sceau du secret. C'était deux de trop: certaines personnes ne peuvent résister à la tentation de se rendre intéressantes. Elles propagèrent la nouvelle, sous le sceau du secret bien entendu. Avant la fin de la semaine, il n'y avait plus que quelques marginaux qui n'étaient pas au courant. Elle dut subir les chuchotements d'attroupements qui se dissolvaient à son approche, les airs entendus et les témoignages de sympathie de celles qui voulaient en savoir plus et surtout comment ça s'était fait. Le directeur la fit venir à son bureau. Il prenait la chose comme une offense personnelle, une atteinte à la réputation de son école et partant, à sa propre intégrité.

- Mademoiselle Richard, c'est une école ici, pas un bordel.

C'était assez direct comme entrée en matière. Andréanne ravalait.

- Vous allez laisser l'école. Ce n'est pas votre place. Je ne peux pas transformer mon école en clinique de maternité.

On construit des écoles pour les jeunes et dès la construction terminée, les enseignants et les concierges se les approprient, c'est bien connu.

Andréanne s'inclina. Elle songea avec amertume qu'elle se faisait mettre à la porte de la même école qu'elle avait sauvée du gel sept ans auparavant. Et elle se retrouva seule à la maison pendant d'interminables journées. Tout le monde travaillait ou allait à l'école. Annette dormait une bonne partie de la journée. André suivait ses cours et ne venait la voir que le soir, quelquefois, le moins souvent possible semblait-il. Son ardeur s'était considérablement refroidie. Andréanne prenait des marches, entrait dans un magasin, en ressortait pour entrer dans un autre ou au restaurant. Naturellement ses amies étaient toutes à l'école et elle ne connaissait pratiquement personne. Elle en était réduite à boire seule son café et ensuite à recommencer à arpenter les rues. Elle s'ennuyait à mourir. Elle s'ennuyait de ses camarades de classe, de ses professeurs, de l'école elle-même qu'elle avait cru détester.

Financièrement, ses moyens étaient très limités mais elle trouvait quand même le tour d'acheter une bouteille de rhum de temps en temps, histoire d'illuminer un peu la grisaille de son existence. Un jour elle entra à l'hôtel, un peu craintive parce qu'il lui manquait encore plusieurs années avant d'atteindre l'âge d'y boire légalement. À sa grande surprise, on la servit sans difficulté, comme si sa maternité qui commençait à être apparente, lui conférait des droits que son âge seul ne lui aurait pas donnés.

Les hôtels, encore plus que les restaurants ou les autres lieux publics, sont fréquentés par des habitués qui forment une espèce de confrérie. Au bout de quelques semaines, Andréanne les connaissait tous. Certains étaient d'une assiduité remarquable, d'autres moins. Certains buvaient beaucoup et n'en sortaient jamais avant d'être complètement ivres. D'autres «portaient» mieux la boisson ou en prenaient moins et n'avaient jamais l'air trop dérangés. Chacun avait son histoire qui était connue de tous et ses habitudes qui l'étaient tout autant. Tous étaient liés par cette amitié précaire basée sur l'alcool qui n'empêche ni les bagarres ni les disputes et qui se noue et se dénoue inlassablement au fil des jours. La plupart portaient des noms imagés, des sobriquets, des qualificatifs ajoutés à leur nom véritable ou une combinaison de tout cela. Il y avait Fond-de-Tombe qui avait le visage émacié et le teint d'un cadavre, Chapeau-de-Paille dont l'origine du sobriquet se perdait dans la nuit des temps, Paquette-les-Oreilles qui souriait toujours et qui marchait les pieds tournés vers l'extérieur de sorte que, dans la neige, il avait l'air de faire des traces de tracteur, et Oiseau, la prostituée, qui avait un penchant marqué pour les prises de bec. Oiseau avait dix-neuf ans et Fond-de-Tombe quatre-vingt-un, ce qui ne les empêchait pas d'être les meilleurs amis du monde. Andréanne sut qu'elle faisait partie du groupe quand elle s'entendit appeler régulièrement «La P'tite». Ils ne faisaient définitivement pas preuve de beaucoup d'imagination.

Elle était entrée là par désoeuvrement, elle y resta par choix, parce qu'elle trouvait dans ces rejetés, ces désoeuvrés, ces mal-aimés et ces sans-famille dont chacun en avait au moins aussi long qu'elle sur la conscience, une trêve ou une amnistie au barrage continuel du blâme qu'elle avait subi depuis quelques mois. Ici, personne ne lui manifestait sa désapprobation ou ne lui laissait entendre qu'elle était à part parce que tous, tant qu'ils soient, étaient aussi occupés qu'elle à endormir leurs remords ou à dompter leurs craintes. Fait remarquable, dont pourtant elle ne s'apercevait pas, personne ou à peu près ne parlait du présent. Tous étaient tournés vers le passé pour le regretter ou l'avenir pour l'embellir ou le redouter mais le présent n'avait pas assez de valeur à leurs yeux pour mériter une seule mention. C'était une façon de voir qui faisait l'affaire d'Andréanne. Sa vie actuelle était tellement vide que par comparaison, son enfance lui paraissait féerique et qu'elle mettait tous ses craintifs espoirs dans un avenir qui ne pouvait que ressusciter le passé. Ses nouveaux amis étaient des alliés dans la lutte dont elle ne sortait pas toujours gagnante, pour exorciser le démon du négativisme qui la jetait dans des crises d'apitoiement dès qu'elle s'arrêtait à penser à ses rêves brisés de romance, d'amour et de mariage. Elle s'apercevait que la trajectoire de sa vie n'était pas une courbe régulière mais une succession de hauts et de bas sur l'amplitude et la fréquence desquels elle n'avait aucun contrôle. Elle était au creux de la vague et attendait les yeux fermés, un mélange d'espoir et de crainte au coeur, que le flot la fasse remonter. Mais en attendant, elle s'enfonçait de plus en plus, faute de donner le coup de rame qui aurait pu amorcer la remontée.

L'hiver s'écoula ainsi, morose et froid. La venue du printemps lui injecta une dose d'espoir. Bientôt, André finirait ses cours. Elle commença à chercher un appartement.

Cela la tint occupée un bon moment. Elle aurait voulu un endroit gai, avec de grandes fenêtres pour laisser entrer le soleil. Tout était trop cher. Elle dut se contenter d'un sous-sol sombre et humide. Il fallut meubler. Pendant des mois, elle avait parcouru les magasins et feuilleté les catalogues, choisissant et agençant à l'avance les meubles, les rideaux, les draperies pour faire de son chez-elle un endroit de rêve. Le moment venu de faire les achats, ils se rendirent dans le seul magasin qu'elle n'avait pas visité, le magasin d'articles usagés. André essayait de l'encourager.

- C'est rien qu'en attendant.

La table était branlante et des barreaux manquaient aux chaises. Le sofa était déchiré en plusieurs endroits. Comme le vendeur l'avait dit:

- Avec une couverte dessus, ça paraîtra pus.

Le poêle était minuscule: deux ronds, dont un ne fonctionnait pas et un four. C'était loin du charmant nid d'amour meublé avec soin dont Andréanne avait rêvé.

On emménagea. Andréanne ne se sentait pas la fierté du propriétaire. Elle qui s'était faite une fête d'inviter ses amies enfin chez elle, elle aurait trop honte de les inviter ici. De plus, André faisait une tête d'enterrement. Il s'était vu architecte, riche et célèbre. Au lieu de cela, il se retrouvait dans un deux pièces lugubre, encombré d'une femme enceinte et bientôt d'un bébé qui pleurerait tout le temps. Il avait fait son devoir mais personne ne pourrait l'obliger à en paraître heureux. Il était d'humeur massacrante et le laissait bien voir. Le premier soir, il se plongea dans la lecture et refusa d'en sortir avant qu'Andréanne fût endormie.

La vie de ménage, commencée d'un si mauvais pied, continua de même. André travaillait à la scierie «sur les shifts». Lorsqu'il travaillait de nuit, il se couchait toute la journée, se retrouvait seul au réveil, mangeait, lisait un

106

peu et repartait travailler. S'il travaillait le jour, Andréanne n'était jamais là pour l'accueillir à son retour. Il se faisait à souper ou allait au restaurant et ne la voyait que plus tard dans la soirée.

- Tu pourrais pas rester à maison pis faire à souper comme les autres femmes?

- Si tu penses que je vas rester dans un pareil trou. Pis à part de ça que t'es tout le temps marabout quand t'arrives, t'es pas parlable.

Ce qu'Andréanne faisait? Elle allait rejoindre ses amis à l'hôtel. Là elle oubliait pendant un temps son appartement triste et son conjoint déprimé. Comme ils avaient chacun de leur côté décidé d'être malheureux, ensemble, ils l'étaient réellement. Ils ne savaient pas que pour être heureux et même si on ne l'est pas automatiquement, il faut au moins décider de l'être et ce, indépendamment des circonstances où on est placé. Chacun se retranchait sur sa petite misère, blâmait l'autre, le ciel et le sort et ne faisait rien pour rallumer la flamme qui pourtant avait brûlé en eux, la flamme de la confiance en la vie et de la volonté de tirer le meilleur parti possible de la situation, si sombre qu'elle soit.

C'est dans ce climat d'amour, de bonheur et de joie, si semblable à celui qui avait prévalu à la propre naissance d'Andréanne, que l'histoire se répéta et qu'elle donna le jour à une petite fille maladive et rachitique.

Quand elle fut quelque peu remise du traumatisme de l'accouchement, Andréanne s'éveilla au merveilleux sentiment d'avoir donné la vie. Elle se découvrait un attachement sans bornes pour ce petit être sans défense qui avait fait partie d'elle pendant de longs mois. Elle s'émerveillait de le voir bouger, serrer les poings ou grimacer et se sentait remplie de joie devant ce miracle de la naissance, cet accomplissement le plus complet de l'être humain qui est de donner la vie à un autre être humain et qui bien qu'il soit vieux comme le monde, semble chaque fois se produire pour la première fois.

Son bébé dans les bras, elle se laissa aller à une vague d'optimisme. Tout allait s'arranger. André ne pourrait manquer d'être comme elle désarmé devant tant d'innocence et de grâce. Ensemble, ils lui donneraient tout ce qu'un enfant peut désirer. Elle serait heureuse.

Andréanne s'endormit et rêva que sa fille avait douze ans. Elle était grande, blonde et charmante. Elle était vêtue avec recherche, souriante, à l'aise et visiblement heureuse. Les autres enfants faisaient cercle autour d'elle et sa parole avait force de loi. Elle était tout ce que sa mère n'avait pas été et ne serait jamais. Andréanne ne faisait que projeter sur sa fille, comme presque tous les parents le font, ses espoirs trompés et ses rêves d'enfant déçue. C'était comme si la maternité lui donnait par procuration la chance d'effacer sa vie et de la recommencer.

Elle s'éveilla en sursaut. Le bébé pleurait, non pas du vagissement normal d'un bébé qui a faim mais du ton plaintif de celui qui a mal. Andréanne eut peur. Elle sonna. Personne ne venait. Elle sonna encore. Une infirmière finit par apparaître. Elle avait l'air de mauvaise humeur et pressée. Elle classa l'affaire en moins d'une minute.

- A l'air d'avoir de la misère à respirer. Je pense que le mieux serait de l'emmener à la pouponnière. Comme ça y aurait tout le temps une garde pour la surveiller.

Le rêve d'Andréanne commençait à s'effriter. Au matin, la petite avait encore plus de difficulté à respirer. Andréanne ne put la voir qu'à travers la vitre de la pouponnière. Elle était folle d'inquiétude. Elle demanda, la gorge serrée.

- A va pas mourir au moins?

L'infirmière tâchait de la rassurer.

108

- Faites-vous en pas. Le docteur va passer vers neuf heures. En attendant, on la guette.

Andréanne ne pouvait s'empêcher de penser que l'infirmière ne disait cela que pour la rassurer, qu'en réalité, elle était aussi impuissante qu'elle-même et que pour elle, ce n'était que son métier. Des gens meurent chaque jour à l'hôpital. C'est tellement normal quand il s'agit des autres. Le médecin vint.

- Je vous cacherai pas madame, qu'est pas trop forte. Mais la plupart du temps, ça revient avec le temps. On dirait qu'a pas eu une trop bonne diète pendant la grossesse.

Le reproche était à peine voilé et Andréanne le savait fondé. Pour toute nourriture, le foetus avait souvent dû se contenter d'alcool et de nicotine. Les larmes lui vinrent aux yeux.

- Si j'avais su.

Pourtant elle savait. Sa mère le lui avait dit et deux ou trois autres aussi. Mais à ce moment-là ça n'avait pas d'importance. Elle était trop occupée à blâmer le coup du sort qui l'avait rendue enceinte pour parer le suivant qui s'annonçait pire.

- Vous pourrez sortir jeudi mais on va garder le bébé. Ça peut prendre encore un peu de temps avant que ...

Il n'acheva pas la phrase. Mentalement, Andréanne, l'acheva pour lui:

- ... avant qu'elle en revienne ou avant qu'elle en meure.

Andréanne quitta l'hôpital le jeudi après-midi. André travaillait. C'est Annette et Anne-Marie qui vinrent la chercher. Elles prodiguèrent force conseils et la déposèrent chez elle.

- Tu vas te reposer ast'heure.

Elle n'avait pas envie de se reposer. Elle avait envie d'avoir son enfant en bonne santé. Elle tourna en rond comme un tigre en cage. Vers cinq heures trente elle entendit entrer André.

- T'as pas emmené le bébé?

C'est tout juste s'il s'était aperçu que sa fille était malade! Andréanne était révoltée.

- Ça ferait peut-être ton affaire qu'a meure. Comme ça tu pourrais retourner à tes livres pis à ta mari.

Il ne comprenait rien à cette attaque.

- Calme-toué les nerfs! T'as pus l'excuse d'être enceinte là, pour être marabout.

L'incident dégénéra vite en scène de ménage. Andréanne pleurait, il criait.

- Comme de raison, y'a rien à souper. Sais-tu faire d'autre chose à part de faire des crises? Je me demande ce que ça me donne de rester avec toué.

- Pis toué, es-tu capable de penser à d'autre chose qu'à manger? Tu penses tout le temps rien qu'à toué.

Il sortit en claquant la porte. Deux minutes plus tard, Andréanne avait enfilé son manteau et sortait aussi. Avec ou sans lui, elle ne pouvait plus supporter la douce chaleur du foyer. Elle dirigea ses pas vers l'hôtel Windsor. Oiseau était là, Fond-de-Tombe aussi.

- Tiens la P'tite. T'as changé de shape!

Elle était enfin chez elle.

CHAPITRE IX

Le lendemain matin, elle fut éveillée par le téléphone. Près d'elle, le lit était vide. André n'était pas rentré coucher. Elle mit quelques secondes à se resituer. Elle avait dans la bouche un arrière-goût de vomissure et dut combattre un haut-le-coeur. Elle se leva mais sa démarche était chancelante. La sonnerie du téléphone lui résonnait dans le crâne comme des coups de marteau.

- Madame Richard, c'est le bureau du docteur Guindon.
- Comment qu'a va?

Sa voix était faible. Elle avait fermé les yeux. Sa fille était morte, elle en était certaine.

- Son état est stable. Mais le docteur pense qu'on devrait la transférer dans une clinique spécialisée. Pourriez-vous venir au bureau aussitôt que possible?
- J'arrive.

Andréanne raccrocha. Sa fille n'était pas morte et elle allait la voir. Elle s'habilla en vitesse.

Deux heures plus tard, Andréanne partait en ambulance avec le bébé et une infirmière. Destination: Thunder Bay. Elle songea que depuis leur altercation de la veille, elle n'avait pas revu André.

Ce fut le début d'une tournée des hôpitaux qui allait durer deux ans. La petite fut baptisée d'urgence à Thunder Bay et reçut les noms de Lise, Rose et Marie. Mais elle ne mourut pas et fut transférée à l'Hôpital pour Enfants de la rue Smyth à Ottawa. Trois mois plus tard alors qu'elle semblait en voie de rétablissement, elle attrapait à nouveau quelque chose et on l'achemina cette fois vers le Toronto's Hospital For Sick Children dont la réputation devait plus tard être si tragiquement ternie. Rien n'est plus inadmissible qu'une cause qui produit un effet contraire à celui qu'on attendait d'elle, un prêtre qui fornique, un policier qui vole ou un hôpital qui tue les patients.

Pendant ces deux années, Andréanne eut souvent l'impression que sa vie ne lui appartenait plus, qu'elle était à la merci de microbes, bacilles ou virus et ballotée de-ci de-là comme feuille au vent. Elle demeurait parfois chez des étrangers ou de vagues connaissances que le hasard mettait sur son chemin, desquels elle apprit la profonde générosité des gens qui se manifeste toujours pourvu qu'on lui en donne la chance. Celle-ci ne contredit pas leur égoïsme foncier: les gens sont généreux justement par égoïsme, parce qu'ils se sentent mieux en l'étant. Le plus souvent, elle descendait dans les hôtels desquels elle apprit l'anonymat, la monotonie et l'ennui. Elle connut surtout les hôpitaux avec leur lot de dévouement et d'indifférence, d'espoirs fugitifs et de désespoirs profonds, les cabinets de médecins où les mots les plus anodins résonnent comme des glas parce qu'ils ont pouvoir de vie ou de mort et la solitude des villes où la moindre rencontre devient un événement, les heures d'attente peuplées de songes qui ressemblaient plus à des hallucinations qu'à une pensée cohérente et les marches sans but au hasard des rues.

Parfois, quand tout allait bien et que les virus lui laissaient un peu de répit, elle avait la permission de rentrer chez elle. C'était toujours une joie de retrouver sa famille et ses amis mais dans l'appartement, c'était à nouveau la solitude, solitude à deux cette fois, donc ponctuée d'éclats de voix, de reproches et de quelques rares rapprochements pendant lesquels elle s'efforçait de ne pas parler, de peur d'en déchirer le tissu fragile. André était découragé et amer. La maladie de Lise et les déplacements d'Andréanne coûtaient une fortune. Il avait beau travailler, il était criblé de dettes. Il avait perdu l'espoir de s'en sortir et laissait bien voir à Andréanne qu'elle n'existait que pour son malheur et qu'il serait infiniment mieux sans elle. Andréanne ripostait, blâmait, pleurait, sortait ses griffes, tout en prenant bien garde d'aller trop loin. Un jour, elle le laisserait mais pas tout de suite. Lise était malade et elles avaient encore besoin de lui.

Comment une personne peut vivre une situation intenable pendant des années, à quelles réserves de ténacité et de volonté elle doit puiser, voilà qui dépassera toujours mon entendement. Le désir de vivre et l'espoir de jours meilleurs sont si fortement enracinés dans l'être humain qu'ils résistent aux bourrasques les plus violentes et, même lorsqu'ils ne semblent plus tenir que par un fil, ils sont rarement anéantis. Andréanne se disait qu'elle vivait pour sa fille. C'était faux en ce sens que l'amour qu'elle éprouvait pour son enfant lui appartenait à elle et que c'est pour lui qu'elle vivait, pour le bonheur que celui de sa fille lui procurerait. L'égoïsme à l'état sauvage fait de l'homme une brute sans pitié, mais dompté par l'amour, il est source de beauté et de grandeur d'âme. L'amour de soi ne peut s'épanouir que s'il sait s'agrandir suffisamment pour englober les autres.

Pendant la maladie de sa fille, Andréanne avait pris une sage décision, celle de ne plus boire. Au début, la tentation avait été forte mais elle avait résisté. Elle avait une motivation puissante: sa fille. Il lui arrivait encore de prendre un verre, mais très rarement et elle se gardait bien de dépasser la mesure. Elle en éprouvait une espèce de contentement et de fierté.

- J'en prenais trop. Je commençais à être comme mon père. Mais c'est fini ast'heure.

Elle s'était aperçue que l'alcool ne lui était pas nécessaire pour fonctionner, qu'en fait, elle fonctionnait parfois mieux sans lui. D'autant plus qu'elle avait trouvé autre chose. Ses fréquents contacts avec les médecins lui avaient enseigné qu'ils ne soignaient pas que la maladie directement mais qu'ils étaient prêts à soulager aussi les effets de cette maladie sur les proches. Elle n'avait qu'à dire:

- Si vous saviez comme ça m'énerve ça docteur de pas savoir si le traitement de la p'tite va réussir c'te fois icitte. J'ai d'la misère à dormir le soir.

Elle était sûre de s'entendre répondre:

- Faites-vous-en pas Madame Richard. Je vais vous prescrire quelque chose. Avec ça, vous aurez pas de problèmes.

Et on lui tendait une bouteille ou une ordonnance. Andréanne apprit les noms et les fonctions: antidépressifs, calmants, analgésiques, somnifères, Valium, Librium, etc...

C'était si facile à obtenir et à transporter ces petites pilules dont elle pouvait mettre des centaines dans son sac à main. Et ce n'était pas tout. Le plus beau, c'est que ça ne coûtait rien. L'assurance-médicaments remboursaient tout sauf une petite déduction de 35 sous par ordonnance.

Andréanne n'avait jamais entendu parler de dépendance envers les médicaments. Tout ce qu'elle savait, c'est qu'une telle pilule la faisait dormir, une autre la mettait en forme et une troisième lui donnait de l'énergie à en revendre. Qu'avait-elle besoin d'en savoir plus? Elle bénissait la science et trouvait merveilleux de contrôler ainsi à volonté les besoins de son organisme et de les plier aux exigences de sa situation.

Une bonne journée, elle reçut une lettre de la compagnie d'assurance qui la priait d'expliquer sa consommation de médicaments. On savait qu'en vertu de telle clause de la police elle pouvait se procurer des médicaments sur ordonnance mais on tenait à la mettre en garde contre un abus possible de drogues et on soulignait même que le commerce non-autorisé de tels produits était illicite et passible de fortes amendes et de peines d'emprisonnement. Andréanne fut révoltée.

- Qu'est-ce que c'est qu'y s'imaginent là, eux autres? Je les vends pas, c'est pour moi. Y comprennent rien. J'en ai besoin, ma fille est malade.

Pourtant elle résolut de faire plus attention. Elle ne cessa pas de prendre des pilules: elle ne pouvait pas, elle en avait besoin. Mais elle emprunta la carte de sa soeur, celle de sa mère et celles de ses amies et fit faire les ordonnances au nom qu'il fallait. Aux propriétaires des cartes, c'était facile à expliquer.

- Avec la petite qui est malade, ça prend assez de pilules. Un moment donné, j'ai ben peur que mon assurance finisse par se tanner de payer.

Elle avait donc une demi-douzaine de cartes dans son sac et autant d'identités qu'elle excellait à assumer au moment opportun. Il lui arrivait de voir six médecins et de visiter autant de pharmacies en une seule journée. Ses symptômes variaient avec chacun car elle devait obtenir ce qu'il fallait pour parer à toute éventualité. Elle ne manquait jamais son coup, ne s'embrouillait jamais d'une pharmacie à l'autre dans le dédale de ses identités.

- La prescription pour Ginette Laflamme est prête.

Et elle ressortait avec son sac, fière d'avoir été plus rusée que le système.

Tant qu'elle était dans la grande ville, tout fonctionnait à merveille mais dès qu'elle revenait à Hearst, les ennuis commençaient. Ses réserves baissaient vite, il n'y avait que cinq médecins et une unique pharmacie dans le village et surtout elle y était connue. Mais elle avait de l'imagination.

- Ma mère file un mauvais coton, docteur. Vous auriez pas queque chose pour la remonter?

Ou bien:

- Mon mari arrive pas à dormir le soir. Sa job y donne pas mal de casse-tête de ce temps-là.

Ça fonctionnait parfois et parfois ça ne fonctionnait pas.

- Dis-lui de passer me voir. Je verrai ce que je peux faire.

Elle devait découvrir d'autres sources d'approvisionnement. L'une d'elles consistait à se faire inviter chez une amie. Les médicaments se trouvent toujours dans la salle de bain. Il suffit donc d'avoir envie et de s'y rendre avec son sac à main. Elle prenait soin de barrer la porte. Quoi de plus normal? Puis elle faisait l'inventaire de ce qui pouvait servir. Jamais elle ne prenait une boîte ou une bouteille complète: ça aurait trop paru. Elle transférait le butin dans son sac, actionnait la chasse et ressortait toute pimpante. Avec un peu de pratique, elle ne mettait pas plus de temps à mener sa fouille de la salle de bain que si elle avait été y faire ce qu'on croyait qu'elle y faisait. C'est ainsi que l'expertise s'acquiert.

116

Pourtant le nombre de ses amies et la fréquence à laquelle elle pouvait effectuer une razzia sur chacune étaient, tous les deux, limités. Elle devait trouver autre chose. Et croyez-moi, elle trouva. Ce n'était pas très propre mais à la guerre comme à la guerre. Elle s'imagina qu'il aurait dû exister un marché noir de médicaments, un réseau comme il en existe pour les drogues ou des débits clandestins comme pour la boisson. Comme elle n'en connaissait pas, elle en créa un. Elle retint les services de quelques petits voyous qui traînaient dans les environs de la salle de billard. Elle avait assez vu son frère et ses copains, elle connaissait le genre.

- Je vas te donner cinq piasses si tu vas dans la pharmacie chez vous pis tu me ramènes les pilules que tu trouves.

Au début, elle en obtint de toutes les sortes: aussi bien des pastilles contre la toux que des pilules anticonceptionnelles ou des tubes de «Préparation H» contre les hémorroïdes. Elle rageait en les jetant à la poubelle. L'éducation de ces jeunes avait été négligée, il fallait y remédier.

- Ceux-là, y sont bonnes à rien. Les tubes pis le sirop non plus. Les jaunes et noires pis les p'tites bleues par exemple, c'est ceux-là que je cherche. Tu devrais aller faire un tour dans la chambre de bain chez ta tante Alice.

Le mot se répandit. Des jeunes lui arrivaient avec des poignées de pilules qu'elle n'avait pas commandées, parfois de formes ou de couleurs qu'elle ne connaissait même pas. Qu'importe, elle était preneuse.

- Je vas les essayer. Comme ça, je vas le savoir. Après toute, des pilules, c'est des pilules. C'est faite pour queque chose.

De ruse en expérience et d'expérience en découverte, elle devint aussi savante sur le sujet qu'un pharmacien chevronné. Du moins elle le croyait. Elle avait des moments de dépression mais ils ne duraient pas: elle savait quelle pilule avaler. Le matin, elle avait de la difficulté à se tirer du lit. Aussi, avant de le faire, allongeait-elle le bras pour saisir une fiole. Dix minutes plus tard, elle faisait sa toilette en fredonnant. Le soir, si le sommeil tardait à venir - et souvent au cas où il tarderait - elle avalait encore trois ou quatre pilules. Elle était aussi passée maîtresse dans l'art du dosage. Quand une ne suffit pas, on en prend deux ou encore trois pour plus de sûreté. Et le tour est joué.

Un jour de novembre - Andréanne venait d'avoir dix-neuf ans - Lise reçut son congé définitif de l'hôpital.

- Elle a l'air beaucoup mieux maintenant Mme Richard. Continuez à faire attention par exemple. Vous savez qu'elle ne peut se permettre le plus petit rhume.

Andréanne était folle de joie. Cette lutte incessante des deux dernières années qu'elle avait menée avec tant de courage, était enfin terminée. André lui-même, qui n'était pourtant pas porté à l'exubérance ces derniers temps, se laissait gagner par ce vent d'optimisme. On avait triomphé de la maladie. Tout le monde était heureux. Il fallait fêter ça en famille. Des bonbons pour Lise, un peu de marijuana pour André et une bouteille de rhum pour Andréanne, car son carême venait de finir. Et swing la baquèse...

Le mélange de médicaments et d'alcool peut être explosif. Andréanne en fit l'expérience. Elle flottait, elle planait. Elle était légère comme un papillon. Elle ne pouvait s'arrêter de rire. Tout était drôle. Lise s'était barbouillé le visage de gâteau au chocolat. André prenait une photo. L'éclair du magnésium lui pénétrait jusqu'au fond du cerveau. Elle était nuage diaphane jouant avec le soleil. Elle était avion en route pour le paradis. La tête renversée sur le dossier du divan, elle riait comme chatouillée par la ouate de ce monde laiteux. Il faisait chaud, trop chaud.

C'était la faute du soleil. Elle enleva sa blouse: on était en famille.

Sans transition, elle se mit à avoir peur. Le plafond descendait vers elle. Lise avait la tête déformée. Andréanne transpirait. André venait vers elle, l'appareil-photo toujours en main. Il allait la frapper ou lui jeter l'appareil à la figure. Elle se mit à crier. Elle ferma les yeux. Elle tombait dans un trou noir. Elle allait s'écraser comme un avion dont les moteurs sont coupés.

Elle se sentit secouée. La voix d'André lui parvenait amplifiée comme si elle sortait d'un haut-parleur.
- Andréanne, qu'est-ce que t'as?

Lise pleurait. Andréanne essayait de se lever mais n'y parvenait pas. Elle était clouée au divan. Elle fut prise de tremblements convulsifs. Sur toute la surface de son corps, elle sentait des millions d'aiguillons comme si des hordes de maringouins s'acharnaient sur elle. Elle essayait d'ouvrir les yeux mais ses paupières résistaient, collées ou soudées ensemble.
- Andréanne, m'entends-tu? T'es toute enflée! J'vas faire venir l'ambulance.

Andréanne se laissa aller. Elle se sentait comme une statue de plomb dans un nuage de moustiques aux dards d'acier. Elle avait des visions d'apocalypse. La fin du monde était arrivée.

Une demi-heure plus tard, elle s'éveillait sur une civière. Elle reconnut avec quelque difficulté la salle d'urgence de l'hôpital. Un homme et une femme en tuniques blanches étaient penchés sur elle guettant ses réactions. L'homme lui parlait. Elle essaya de se concentrer.
- Avez-vous pris de la pénicilline dans la journée?

119

Il répéta la question. Elle tenta de parler mais les mots restaient pris dans sa gorge. Elle haussa les épaules. Il reformula la question.

- Avez-vous pris des pilules?

Elle fit signe que oui. Il regarda l'infirmière d'un air triomphant.

- J'en étais sûr.

Il regarda à nouveau Andréanne.

- Quelle couleur, madame, les pilules?

Elle ouvrit la bouche. Les mots ne sortaient toujours pas.

- Il faut essayer encore. C'est important.

Elle fit un immense effort.

- Rouges ... jaunes.
- Des capsules jaunes et rouges. Combien?

Andréanne était exténuée. Elle leva trois doigts. L'homme et la femme se mirent à parler entre eux par-dessus elle. Ils parlaient vite et bas. Elle ne comprenait rien. Elle pensait aux petites pilules que le livreur du journal lui avait apportées et qu'elle avait achetées. Elle en avait avalé trois. Comme elle n'avait ressenti aucun effet, elle avait décidé qu'elles ne valaient rien et jeté les autres dans la toilette. Une expérience infructueuse, ce n'est pas plus grave que ça. Se pouvait-il que de si petites pilules soient la cause ... Le paradis s'était transformé en enfer, l'euphorie en détresse et la joie en terreur. Des petites pilules si inoffensives! Il avait fallu moins de deux minutes pour que ce changement s'opère.

Et c'est ainsi que le jour même de la sortie de sa fille de l'hôpital, Andréanne y avait pris sa place.

Andréanne ne resta pas à l'hôpital très longtemps. Deux jours, au bout desquels le médecin lui donna son congé.

Mais en le lui donnant, il lui servit aussi une admonition sévère qu'elle écouta les lèvres pincées.

- Ce que vous avez fait là est dangereux. Il y a des médicaments qui ne vont pas ensemble, d'autres qu'il ne faut pas prendre dans certaines circonstances, après avoir pris de l'alcool par exemple. Il est difficile de prévoir les réactions même pour un expert. Alors un bon conseil: ne prenez jamais de médicaments sans l'avis d'un médecin et suivez ses directives.

- Inquiétez-vous pas, docteur, j'ai eu ma leçon.

Son air repentant n'était qu'une façade. Intérieurement, elle pensait:

- Y peut les garder pour lui ses maudits sermons. Les pilules rouges et jaunes, je les connais ast'heure.

Elle tenait à ses médicaments. Ils avaient accompli trop de miracles pour elle pour la laisser tomber. Elle préférait donner tort au médecin plutôt qu'à des amis aussi fidèles. Elle minimisait l'incident et lui trouvait des explications.

- J'avais mal digéré mon souper. J'en mangerai pus de pizza.

À l'hôpital, elle avait reçu une visite assez curieuse. Un homme dans la soixantaine, chauve, le nez proéminent, s'était assis auprès de son lit et lui avait parlé assez longuement. Il n'avait rien demandé sauf comment elle allait. Il avait plutôt raconté des histoires, certaines un peu drôles, la plupart tragiques du temps qu'il buvait. Andréanne n'avait pu s'empêcher de l'écouter.

- Je m'étais acheté un char neu' je m'en rappelle, c'était un Chevrolet Bel Air '61. Chaque fois que je m'achetais un char, je fêtais ça. Ça durait un mois ou deux. Pis je fêtais aussi Noël, la St-Jean-Baptiste, les baptêmes, les mariages pis les enterrements. Ça fait que je fêtais quasiment tout le temps. En tout cas ce soir-là, je remontais chez nous avec ma femme pis mon plus jeune. C'était en janvier pis y faisait frette mais moué j'sentais pas ça, tu peux en être sûre. Je devais avoir mon quarante onces de gin dans le corps. On s'en allait sur le chemin de Jogues pis je devais pas aller trop, trop drette, parce que ma femme s'est mise après moué pour que je la laisse chauffer. Moué je voulais pas, je me pensais correct pis à part de ça qu'a avait bu plus que moué. J'ai dit «On va faire chauffer le jeune» Y'avait quinze ans pis y'était ben capable. J'arrête su'le bord du chemin pis je débarque pour faire le tour. Mais c'est pas ça, ma femme se tasse su'le siège en arrière de la roue pis a décolle. Moué je reste su'le bord du chemin comme un beau codinde. J'avais un p'tit chapeau pas d'oreilles, des souliers pis des p'tites claques dans les pieds pis j'avais laissé mes gants dans le char. Y faisait à peu près comme quarante sous zéro.

Je marchais de rage. Si je l'avais eue en avant de moué, je l'aurais étouffée.

La première maison où ce que j'ai cogné, y'ont pas voulu ouvrir. C'était dans le milieu de la nuite comme de raison, après que les hôtels étaient fermés. Y'a fini par passer un char qui m'a embarqué jusque chez nous. Y'était temps. J'étais gelé ben dur. Tu peux imaginer que j'étais de bonne humeur quand je sus arrivé à maison. Je m'enligne vers l'armoire pour me faire un coup. Y était supposé me rester un quart de bouteille de Sloe Gin. Mais non, ma femme l'avait tout bu. Je pense que c'est ça qui m'a enragé le plus.

Ma femme était couchée pis a ronflait. J'ai pas pris le temps d'ôter mon manteau pis mes claques que je me sus enligné vers la chambre. C'était pas pour y faire des caresses non plus. Je l'ai pognée par les épaules pis je l'ai levée carré du lit. Pis là j'ai fessé.

Le lendemain, a été obligée d'aller chez le docteur. A l'avait le nez cassé. Tu peux être sûre que j'étais fier de moué là. Moué qui aurait jamais fessé une femme.

Une autre fois sa fille avait emmené son fiancé à la maison.

- Je m'en rappelle pas pantoute. Mais y paraît que j'essayais d'y donner des french kiss devant son chum. Y faut-y pas être fou un peu. Les fiançailles ont quasiment cassé dret là.

Andréanne se demandait pourquoi il lui racontait de pareilles histoires . Il poursuivait.

- Aujourd'hui, ça fait quatre ans que j'ai arrêté de boire. J'sus devenu veuf y'a deux ans. Mais avec mes enfants ça va assez ben que des fois je me demande si je rêve. J'ai jamais été heureux de même de ma vie.

Il se préparait à partir.

- Je peux te laisser mon numéro de téléphone. Appelle si jamais ça te tente de jaser ou que t'as besoin d'aide. Aujourd'hui, je travaille quasiment pus. J'ai du temps en masse. Mon nom, c'est Victor.

Andréanne prit le bout de papier qu'il lui tendait mais sans grande conviction.

- C'est ben correct pour lui le bonhomme, si y'est heureux comme ça. Mais moué j'ai pas besoin de me faire écoeurer avec ses maudites histoires. Chu même pas rentrée à l'hôpital à cause de la boisson. J'ai mal digéré, c'est pas plus grave que ça. C'est rien qu'un vieux capoté.

Son retour à la maison ne fut pas très triomphal. André avait dû s'occuper de sa fille et trouver des gardiennes pour pouvoir aller travailler. Il n'était pas très fier de sa petite Andréanne chérie.

- Je t'avertis ma maudite. Si tu recommences avec tes pilules pis ton rhum, moué je sac'le camp.

Andréanne le mit dans le même sac que les autres.

- Qu'y l'sac'son camp. J'ai pas besoin de lui pis de sa face de carême. Moué aussi je commence à être pas mal tannée.

Ainsi, tout le monde était dans l'erreur sauf elle. André, le médecin, le vieux et jusqu'à sa mère qui se mêlait de la mettre en garde. Elle avait pris quelques pilules qu'il ne fallait pas. Et alors? Tout le monde fait des erreurs. Pourquoi tant s'en faire pour si peu?

La vie reprit son cours. Quoi qu'il arrive, à moins d'en mourir, la vie reprend toujours son cours. Il nous semble parfois que ces intermèdes n'ont d'autre raison d'être que de nous la faire apprécier plus car la continuité endort et ce n'est que l'arrêt qui nous fait prendre conscience du mouvement.

Pour Andréanne, les choses semblèrent se précipiter. À sa première visite à l'hôtel (elle allait juste voir les amis, elle ne boirait pas) le propriétaire vint s'asseoir à sa table.

- Comment que t'aimerais ça, Andréanne, travailler icitte?

- Quelle sorte d'ouvrage?

- Servir aux tables le soir de six heures à une heure du matin.

- Je prendrais la place de Sylvie?

Andréanne connaissait l'arrangement immuable: Yvon, le propriétaire était barman et garçon de table l'après-midi. Le soir, c'était plus occupé. Yvon restait derrière le comptoir et sa femme, Sylvie, servait aux tables.

- Sylvie est enceinte. Aussitôt que je trouve quelqu'un pour la remplacer, a va rester à maison. Je te donnerai deux piasses de l'heure. C'est pas ben cher, mais avec les tips, tu devrais pouvoir te faire des salaires plus que raisonnables.

Andréanne trouva l'offre alléchante. C'était plus que le Chinois lui donnait pour s'éreinter à laver la vaisselle et elle aurait les pourboires en plus. Yvon sentit qu'elle se laissait tenter.

124

- Tout le monde te connaît icitte. T'aurais pas de misère à t'accoutumer. À part de ça que c'est proche de chez vous.

- Faudrait que je fasse garder ma fille. Donne-moué une journée ou deux pour arranger ça.

- Prends le temps qu'y faudra. On est pas mal pris.

Le lendemain, Andréanne avait trouvé une vieille femme qui viendrait passer les soirées à la maison pour vingt-cinq dollars par semaine. Deux jours plus tard, elle commençait à travailler. Elle était aux anges.

- J'étais pas faite pour rester embarrée dans maison. Pis une fois la gardienne payée, y devrait me rester cinquante, soixante piasses. Ça se prend ben.

Elle était dans le milieu qu'elle aimait et payée pour y être. C'était idéal. Elle avait aussi une autre raison d'être satisfaite, qu'elle n'aurait pas avoué mais qui n'était pas la moindre.

- Si jamais y décide de partir, je vas pouvoir gagner ma vie.

Ce n'était qu'une question de temps et elle le savait. André lui reprochait de lui avoir sacrifié ses études. Quand ils se querellaient, il ne manquait jamais de lui rappeler quel fardeau elle était pour lui. Tant qu'elle avait couru les hôpitaux avec Lise, elle avait encaissé. Mais elle avait rêvé de retrouver son indépendance. Le temps était venu. Elle avait envie qu'il parte et elle était bien résolue à précipiter son départ, à le provoquer s'il le fallait.

- J'ai fini de me faire manger la laine su'le dos.

Cet homme-là avait abusé d'elle et brisé sa vie. Qu'elle ait été consentante et qu'il ait brisé la sienne du même coup lui semblait sans rapport avec la question. Il ne méritait pas non plus de considération spéciale pour l'avoir fait vivre pendant les deux dernières années. Et voilà qu'il lui reprochait maintenant quelques pilules et quelques verres! En d'autres circonstances, elle aurait pu agrandir le rayon de son égoïsme pour qu'il y trouve place, mais elle n'y tenait plus. Aussi s'y retrouvait-elle seule avec sa fille. Comme les planètes nous avons autour de nous des satellites mais nous avons sur elles l'avantage de décider de la force magnétique qui les lie à nous et nous n'avons qu'à diminuer l'attraction pour que leur orbite s'éloigne ou qu'ils aillent graviter ailleurs, attirés par une force supérieure. C'est ce qui arriva à André. Quelques mots, un geste de tendresse, une lueur des yeux d'Andréanne auraient pu le retenir. Mais les yeux d'Andréanne ne brillaient plus comme autrefois, les mots et les gestes, c'est Nicole qui les prodigua et André changea d'orbite. Il devint encore plus distant et, un soir, annonça timidement à Andréanne, qu'il allait partir. Elle fit une scène, parce que c'était de mise, lui fit promettre cent dollars par mois et se coucha satisfaite, s'étirant voluptueusement dans son lit trop grand (il était couché sur le divan).

- Des hommes, y'en a en masse. Quand j'en aurai besoin, je sais comment faire pour en trouver. Pis en attendant, j'aurai pus personne pour me dire quoi faire.

CHAPITRE X

- Deux Molson, une draft pis un sac de chips.

Andréanne était dans son élément. Les clients réguliers avaient à peine le temps de s'asseoir que déjà, leur boisson favorite était devant eux. Elle avait toujours une façon de faire sentir au client qu'il était le bienvenu.
- C'est deux et trente-cinq. Pis fais attention de pas passer dret comme la semaine passée, là.
- Pas de danger pour ça. Je viens de commencer à travailler pis j'ai pas envie de me faire clairer tout suite.
- T'en prendras une à ma santé.

Comme elle les comprenait, ces parias, qui fuyaient l'ennui d'une chambre solitaire, ces immigrés, comme Yvan le Russe, qui n'avait jamais réussi à apprendre la langue et qui venait chaque soir recréer son pays au fond d'un verre, ces mal-aimés, comme le petit Luc qui cherchait sa mère dans toutes les femmes qu'il voyait et que Oiseau parvenait toujours à leurrer jusqu'à sa chambre, ces laissés pour compte comme le vieux Fred que le cancer rongeait et qui portait déjà la marque de la mort dans ses yeux creux. Ce dont ils avaient besoin, bien plus que la bière qu'ils commandaient, c'était le sentiment d'appartenir, d'être chez eux. Andréanne les considérait un peu comme ses enfants, les grondait à l'occasion et prenait le temps de les écouter quand son travail lui laissait quelque répit. En retour, ils l'aimaient bien, la taquinaient et la protégeaient. Un étranger aurait été bien mal avisé de lever la main sur elle.

Bien sûr, elle recevait toutes sortes de propositions.

- Andréanne, tu sais que ma femme est morte ça fait deux ans. Je trouve mon lit pas mal grand.

La plupart étaient voilées mais certaines ne l'étaient pas.

- Je donnerais cinquante piasses pour coucher avec toué.

Elle s'habitua vite et ne s'offusqua plus.

- Va voir Oiseau dans le coin là-bas. Je sus certaine qu'a va te faire ça pour vingt piasses de moins que ça. Moué, tout ce que je sais faire, c'est servir de la bière.

La tentation lui venait quelquefois de ne pas refuser. C'aurait été si facile de doubler son salaire de la semaine en moins d'une heure. Mais elle résista.

- Si je commence ça, y me laisseront pus jamais la paix. Je sus aussi ben de rester tranquille. Pis si je fais attention à moué, j'ai assez d'argent pour arriver sans ça.

Elle était loin d'être riche. Chaque fois que le loyer était dû ou qu'arrivait le compte d'électricité ou de téléphone, elle faisait la grimace.

- Mon doux que ça coûte cher. J'arriverai jamais à reprendre le dessus.

Pourtant elle avait les moyens de s'offrir un verre à l'occasion. Il faut dire que la plupart du temps, ça ne lui coûtait rien. Le patron s'absentait plusieurs fois au cours de la journée, choisissant toujours un moment où la clientèle était peu nombreuse pour faire ses courses. Andréanne en profitait comme d'un avantage de sa position. D'ailleurs, il n'était pas mesquin et lui payait souvent un verre après la journée. De sorte que quand elle se servait en son absence, elle ne faisait que devancer un peu la tournée qu'il lui aurait offerte de toute façon. Et, avec un petit verre, elle se sentait mieux armée pour faire face à la musique. L'aurait-il su qu'il aurait fermé les yeux parce qu'Andréanne était pour lui une vraie bénédiction. Elle avait un talent naturel pour le public. Jamais elle n'oubliait un visage et la sorte de boisson qu'elle lui avait associé. Elle avait toujours quelque chose à dire aux clients, une farce, une question sur leur santé ou une remontrance. Ils se sentaient de la famille et revenaient souvent. Ce qui faisait dire à son patron:

- A l'attire les clients comme le miel attire les mouches.

Andréanne n'avait qu'à se féliciter de la tournure des événements. Elle n'avait plus de problèmes de ménage, sa fille était en bonne santé et elle-même avait un bon emploi.

- Toute finit tout le temps par s'arranger. Y faut juste y donner le temps.

La vie a une de ces façons de démolir ce qu'on avait mis tant de soins à édifier que c'en est presque risible. Juste au moment où on croit que rien ne peut plus arriver, tout arrive. Andréanne croyait avoir maintenant droit à une petite vie tranquille mais rien n'était moins assuré.

Un après-midi, avant de se rendre au travail, elle décida d'aller voir sa mère. Celle-ci ne travaillait plus depuis quelque temps et trouvait les journées longues.

- Ça va la désennuyer d'avoir de la visite.

Annette était assise au bout de la table en robe de chambre et ne se leva même pas à l'arrivée de sa fille.

- Bonté divine sa mère, dites-moué pas que vous passez vos journées en jaquette ast'heure?

- Je file pas trop ben de ce temps-là.

Elles parlèrent de choses et d'autres. Annette n'avait pas sa vivacité habituelle. Andréanne en fit la remarque d'un ton anodin.

- Y'a t'y quequechose qui vous tracasse maman, on dirait que vous êtes pas dans vot'assiette?

La mère mit du temps à répondre. Elle le fit sans regarder Andréanne, comme si elle était honteuse de ce qu'elle allait dire.

- Y faut que tu saches Andréanne. Je voulais pas le dire mais y va ben falloir que vous finissiez par l'apprendre. J'ai le cancer Andréanne.

Andréanne n'entendit qu'un mot. Le cancer! Dans son esprit, cancer était synonyme de mort. Ce n'était pas vrai. Cela pouvait arriver aux autres mais pas à Annette qui était la force, la constance personnifiées. Quand Annette la regarda, Andréanne s'aperçut qu'elle avait des larmes aux yeux. Elle remarqua aussi combien elle avait les traits tirés. Tout d'un coup elle comprit. Sa mère avait été à l'hôpital à quelques reprises dans les derniers mois mais elle disait toujours que ce n'était pas grave. Puis elle avait laissé son emploi. Andréanne eut presqu'envie de demander, comme à une femme enceinte, «C'est pour quand?» tant la mort lui paraissait maintenant certaine. Elle se retint à temps. Annette poursuivait d'un ton las.

- Ça fait déjà un an que je le sais. Mais t'avais assez de problèmes avec la petite pis ton mari que j'ai pas voulu en parler. Pis on a tout le temps espérance que ça va aller mieux, que ça va passer tout seul. Mais ça va pas mieux, ça rempire tout le temps. Je sus rendue que je digère pus rien pis j'ai tellement mal à tête des fois que je sais pus où me la mettre.

Andréanne essayait de l'encourager.

- Ça va passer. Les docteurs aujourd'hui y guérissent quasiment toute.

130

- Y font pas de miracles. Pis même si y me le disaient pas, moué je sais que je vas mourir, je le sens. Si je pouvais au moins attendre que Jean aye fini l'école. Mais on choisit pas.

Andréanne était atterrée. Sa mère parlait de mourir et elle en parlait comme d'un événement ordinaire pour lequel il faut choisir le moment propice. De plus, elle connaissait sa maladie depuis un an et n'en avait pas parlé.

Avant de commencer à travailler ce soir-là, Andréanne dut avaler deux verres de rhum. En dépit de cela, la soirée s'éternisa. Elle accomplissait mécaniquement les gestes, disait les paroles qu'il fallait mais une partie d'elle-même demeurait dans la cuisine où elle voyait encore le visage fatigué de sa mère. Était-ce pour cela qu'elle avait vécu, enduré tant de grossesses successives et un mari tyrannique, élevé sept enfants et travaillé sans relâche et sans jamais s'en plaindre? Pour mourir au moment où elle aurait pu enfin se reposer et profiter de la vie et de quelle mort encore!
- Y'a pas de justice.

Elle essaya de chasser ses idées noires et but encore quelques verres.
- Une chance que j'ai des pilules pour dormir en masse.

Andréanne n'était pourtant pas au bout de ses problèmes. Un matin de la semaine qui suivit, vers neuf heures trente, la petite Lise entra dans sa chambre alors qu'elle dormait encore.
- Maman, y'a une madame.

Andréanne n'était pas matinale et en s'éveillant, il lui fallait toujours quelques heures pour se mettre d'aplomb, à moins de faire appel à un remontant.
- Laisse maman dormir. Va jouer.

L'enfant insistait.

- Y'a une madame dans cuisine.

Andréanne ouvrit les yeux et s'assit sur le rebord de son lit.

- A besoin d'avoir queque chose de grave à dire, celle-là, parce qu'autrement, moué, je la câlice dehors.

Elle enfila sa robe de chambre sans se presser et s'avança vers la cuisine.

- Bonjour madame, je m'excuse de vous déranger comme ça le matin. Je m'appelle Evelyne pis je travaille pour les services sociaux. Je m'occupe de l'Aide à l'Enfance.

Pour Andréanne, elle aurait bien pu travailler pour le Pape que ça n'aurait rien changé. Elle demanda avec mauvaise humeur.

- Qu'est-ce que vous me voulez?

La visiteuse semblait déterminée à ne pas se départir de son calme.

- Nous avons eu des rapports à votre sujet. Y paraît que vous laissez parfois votre fille seule. Dimanche le 10 mars et encore jeudi le 4 avril. Est-ce que vous reconnaissez que c'est la vérité?

Andréanne était confondue.

- Qui est-ce que c'est qui a été vous conter ça?

Elle cherchait dans sa tête laquelle de ses voisines elle allait décapiter pour ce crime.

- Nous ne dévoilons pas nos sources. De toute façon, ça n'a pas d'importance. Ce qui compte c'est de savoir si c'est vrai ou non. Vous le savez peut-être pas, mais c'est contre la loi de laisser un enfant de cet âge-là seul.

- Ç'a peut-être arrivé une fois ou deux. Y faut que je travaille moué pour gagner ma vie.

- Vous travaillez pas le dimanche.

Andréanne revit l'incident. Elle avait été faire de la moto-neige avec un groupe. Bien entendu elle avait une gardienne. Elle devait revenir avant de souper. Mais on s'amusait bien et elle avait pris quelques verres naturellement. Quand elle était revenue, vers dix heures, la gardienne était partie depuis longtemps. On ne peut se fier à personne.

- C'était un malentendu. La gardienne est partie avant que j'arrive. Mais vous pouvez être certaine que je prendrai pus jamais c't'e gardienne-là.

- Pis le jeudi?

- J'étais sortie seulement que pour deux minutes. J'ai rencontré quelqu'un pis ç'a pris un peu plus de temps. Mais j'ai pas été partie plus que vingt minutes, une demi-heure, par exemple.

- Exactement une heure vingt-cinq minutes.

Andréanne ne savait plus que dire.

- Madame, je voudrais que vous compreniez bien ce que je vais vous dire. Il y a une loi qui protège les enfants. Quand nous recevons une plainte qu'il y a eu abus ou négligence, nous faisons une enquête pour savoir si c'est vrai. Si oui, nous donnons un avertissement. C'est ce que je fais. Vous allez recevoir une lettre pour confirmer et je vais en garder une copie.

Mais ce n'est pas tout. La deuxième fois, nous enlevons l'enfant à ses parents et nous lui trouvons un foyer. Les parents doivent entreprendre des démarches pour prouver qu'ils peuvent s'occuper de l'enfant s'ils veulent le reprendre. S'ils ne réussissent pas, ils le perdent pour toujours.

Andréanne était horrifiée. Lui prendre son enfant et la placer. Ils ne pouvaient pas faire ça. Ça devait être la vieille chipie de madame Cormier qui l'avait dénoncée.

- La vieille crisse. Elle, a l'a pas fini.

La travailleuse sociale dut avoir pitié de son air atterré.

- Je sais que c'est pas toujours facile quand on est toute seule et qu'il faut travailler. Mais faites attention, si ça arrive encore, j'aurai pas le choix. Il va falloir que je vous prenne la petite.

Après le départ de la travailleuse sociale, elle resta longtemps assise à penser. Qu'est-ce que le sort avait donc à s'acharner sur elle? Il avait fallu deux ans de patience et de dévouement pour que sa fille retrouve la santé. Et maintenant, on voulait la lui enlever? Tout ça pour une vieille folle qui ne pouvait pas se mêler de ses affaires! Et elle, cette Evelyne, quels avantages tirait-elle de son intrusion?
- A doit être à commission. Plus a vole d'enfants, plus est payée cher.

Une rage folle la saisissait. Elle ouvrit l'armoire et se versa un verre. Ce fut comme mettre de l'essence sur un feu. Elle sentait qu'elle allait exploser. Des idées de vengeance et de meurtre trottaient dans sa tête. Elle voyait la travailleuse sociale et la voisine adossée au mur. Elle levait lentement le canon de sa carabine vers elles. Elles criaient, suppliaient. Andréanne n'avait aucune pitié. Elle appuyait sur la gâchette.

Tout à coup, le scénario changeait. La carabine était à côté d'elle. On venait lui enlever sa fille. Alors, tout en larmes, avec des gestes de mélodrame, elle saisissait la carabine et tournait le canon vers sa propre poitrine et elle tirait. Lise pleurait, la travailleuse sociale se jetait à genoux, regrettant trop tard ce qu'elle avait fait. Elle voyait ses funérailles mais il y avait deux cercueils dans l'église. Sa mère était morte en même temps qu'elle.
- Non, y l'auront pas.

La scène changeait. Elle était seule avec Lise. Elle attirait la petite dans sa chambre avec un bonbon. Elle l'endormait

134

doucement, avec toute la tendresse dont elle était capable. Ensuite elle lui passait un sac de plastique sur la tête. Puis elle prenait une lame de rasoir et elle s'ouvrait les veines. Elle se sentait faiblir.

Elle sentit deux petits bras se glisser autour de son cou et un doigt essuyer une larme sur sa joue.
- Maman, as-tu bobo?

Elle la serra contre elle.
- Oui Lise, maman a bobo.

CHAPITRE XI

Les semaines et les mois qui suivirent furent pour Andréanne un véritable enfer. Elle était littéralement écartelée entre la peur viscérale de perdre sa fille et le désir insensé de se noyer dans une cuite monumentale dont elle ne s'éveillerait plus. Elle aurait voulu aller voir sa mère mais elle ne voulait pas augmenter les tourments de la malade en lui racontant ses problèmes et elle avait surtout peur de la trouver plus mal, amaigrie et souffrante. Elle prenait les résolutions les plus draconiennes et les brisait tout de suite après.

- Y faut pas que Lise reste tout seule même une minute.

Une heure plus tard, elle sortait prendre l'air et entrait dans un restaurant. Mais elle n'avait pas bu deux gorgées de son café que la témérité de sa conduite lui traversait l'esprit comme un éclair. Alors elle laissait tout et rentrait à la maison en courant.

Toute la journée, elle attendait l'heure où la gardienne viendrait et où elle pourrait sortir de cet appartement qui l'étouffait. Toute la soirée, elle attendait la fermeture de l'hôtel pour voler à la maison et constater par elle-même que tout allait bien. Quand elle voyait Lise endormie, elle se reprochait ses craintes et souhaitait alors retourner prendre un verre. Elle résista longtemps et un soir elle céda. C'était après le travail et les hôtels étaient fermés, mais il restait les débits clandestins, les «bootleggers».

L'énormité du risque qu'elle prenait et le nombre de fois qu'elle en avait repoussé la tentation rendaient son escapade encore plus irrésistible. Elle frissonnait de son audace.

La clientèle était peu nombreuse ce soir-là dans la petite cuisine délabrée où elle se retrouva. Quatre hommes et une autre femme qu'elle connaissait tous au moins de vue pour les avoir servis de nombreuses fois à l'hôtel. Elle but coup sur coup quatre grands verres de rhum pur. Même pour ces gens habitués aux pires excès, elle dépassait la mesure. L'un d'eux remarqua, l'air désapprobateur:
- T'avais soif, à soir, la p'tite.

Et elle entra dans un monde où la maladie, les voisines et les travailleuses sociales n'existaient plus ou plutôt un monde où la maladie, les voisines et les travailleuses sociales agissaient à sa guise. Elle se mit à raconter l'incident d'une voix rauque, forte et saccadée.
- Y'en est venue une chez nous l'aut'jour pour me dire que je m'occupais pas assez de ma fille. Aye, je sais pas si tu le sais mais est ressortie raide. Je l'ai pognée par le collet, t'aurais dû y voir la face. Je pense pas qu'a revienne avant ben longtemps m'écoeurer avec ça.

L'homme semblait la croire sur parole. À vrai dire, il ne l'écoutait pas mais ne faisait qu'attendre son tour pour raconter l'histoire de sa séparation à peu près aussi fidèlement qu'Andréanne avait raconté la visite de la travailleuse sociale.

- A recevait son chum en plein jour pendant que j'étais parti travailler. Une bonne fois, je sus t'arrivé au beau milieu de l'après-midi pis je les ai pognés dans le lit. Le gars a fait trois semaines d'hôpital pis elle, a l'a fait de l'air je t'en passe un papier.

Andréanne sympathisait d'emblée avec cette pauvre victime.

- A fini de me voler. Je me demandais tout le temps où ce que mon argent allait. Ast'heure je le bois. Comme ça je le sais où qu'y va. Je te paye un coup.

Ils burent celui-là et Andréanne, par respect pour l'égalité de la femme, voulut rendre la pareille. Ils burent parce qu'ils savaient tous les deux que ce n'est qu'en buvant qu'ils pouvaient demeurer tous les deux le surhomme et la femme bionique qu'ils étaient chacun à ses propres yeux. L'homme commençait à raconter comment il avait réglé une querelle avec un voisin à propos d'une clôture.

- Y'avait travaillé ben proche toute la journée pour planter ses poteaux. Moué j'ai pas dit un mot, j'ai attendu qu'y aye fini pis j'ai sorti ma chain saw. T'aurais dû y voir la face...

Andréanne ne sut jamais la suite. Il semble qu'à un certain moment d'une cuite, la mémoire cesse totalement d'enregistrer. La personne agit et parle de façon normale - enfin, presque - mais elle n'en garde par la suite aucun souvenir. Cette amnésie temporaire est peut-être la consé-quence d'une cuite la plus lourde à porter parce que le buveur, ne sachant plus ce qu'il a fait, s'attend toujours au pire. Des semaines, des mois ou des années plus tard, quel-qu'un peut l'accoster et lui dire:

- Tu te rappelles, tu voulais coucher avec ta soeur.

Il peut nier mais au fond de lui-même, il faut qu'il avoue qu'il n'a aucun souvenir et que l'acte dont on le rend respon-sable a bien pu avoir été commis parce qu'il n'avait à ce moment-là aucun contrôle de lui-même. Pour cette raison, il n'est pas rare de voir un ivrogne développer la phobie des uniformes de police et même fuir comme la peste ses camarades de beuveries dont il craint les révélations.

Andréanne s'éveilla vers six heures du matin. Elle était étendue sur un lit et à côté d'elle, un homme était couché sur le ventre, le visage tourné contre le mur. Il n'avait plus sa chemise ni ses souliers mais, Dieu merci, il avait encore son patalon et elle, sa robe. Elle s'étira le cou pour voir qui c'était et reconnu son interlocuteur de la veille. Il s'appelait Norbert ou Robert, elle n'était pas sûre d'avoir bien compris.

- Je me demande ce qu'on a faite hier soir.

Mais elle avait beau se creuser les méninges, elle ne pouvait se souvenir d'absolument rien.

- Ah non, j'ai laissé la petite tout seule toute la nuite.

Elle se leva sans faire de bruit, prit son manteau par terre et dévala l'escalier aussi vite que ses jambes flageolantes et sa vision embrouillée le lui permettaient.

- Doux Jésus, faites que personne s'en soye aperçu.

Quand elle arriva, Lise dormait bien sagement dans son lit. Elle essaya de faire de même mais elle ne pouvait trouver le sommeil. Dès qu'elle commençait à s'assoupir, un atroce soupçon traversait son cerveau et l'éveillait aussi sûrement qu'une gifle ou un verre d'eau froide en plein visage.

- D'un bon coup qu'y m'a fait l'amour pis que je tombe enceinte.

Ou encore:

- Si faut que la Cormier m'aye vue sortir pis qu'a aille encore placoter ça partout. Y vont me l'ôter, c'est certain.

Elle se dressait dans son lit, raide comme une barre, des visions de travailleuses sociales plein les yeux. Elle était couverte de sueur et ses mains tremblaient.

- Je vas virer folle si ça continue comme ça. Je vas me prendre un verre pour me calmer les nerfs.

Elle se leva, se rendit à la cuisine, essaya de vider du rhum dans un verre mais n'y parvint pas. Sa main tremblait trop. Alors elle leva la bouteille et but à même le goulot.

Elle posa la bouteille sur la table et se mit à réfléchir, attendant que Lise se réveille et le redoutant tout à la fois. Machinalement, elle tendit la main vers la bouteille et versa une bonne rasade dans le verre sans difficulté. Le tremblement avait disparu.

- Bon y faut que je me ressaisisse.

Elle recommençait à tourner le problème dans sa tête.

- Pour commencer, on a probablement rien faite pantoute. J'avais encore ma robe su'le dos, pis lui ses culottes. Pis ça me surprendrait que quelqu'un m'aye vue sortir ou rentrer. Y était deux heures quand je sus sortie pis six heures et demie quand je sus rentrée. Pour la plupart du monde, c'est en pleine nuite ça. Le monde, y doivent dormir des fois, y doivent pas rien que me watcher.

La journée traîna en longueur. Andréanne dormit quelques heures sur le divan, de façon intermittente. Mais dès qu'elle dormait profondément, la petite venait la réveiller. Elle était toute courbatue et pour se mettre un peu de coeur au ventre, avalait un autre verre. Jusqu'au moment où la bouteille fut vide. Il était quatre heures de l'après-midi.

- Lise, maman va sortir juste deux minutes. Tu vas voir, ça sera pas long.

Ce ne fut pas long en effet. Elle revint avec deux bouteilles.

- Je vas en cacher une dans la chambre à coucher, à tête de mon lit. Comme ça, si la soif me prend dans la nuite, j'aurai pas besoin de me lever.

Il était temps d'aller travailler mais elle ne s'en sentait pas le courage. Elle avait de la difficulté à se tenir debout.

- Je vas téléphoner à Yvon pis à la gardienne que je sus malade. Pour une fois, y s'arrangeront comme y pourront.

La journée s'étirait encore.

- Je vas coucher la p'tite de bonne heure. Pis je vas prendre un bon bain pis me faire quequechose à manger. Une bonne nuite, pis demain matin, je vas filer comme une neuve.

Elle se coucha vers huit heures trente mais à dix heures, elle ne dormait pas encore. Elle se releva et se versa un verre dans l'espoir que ça la ferait dormir mais rien ne passait dans sa gorge. Elle se mit à fouiller partout pour trouver un somnifère. Elle n'en avait pas. Il lui faudrait s'en passer.

- Je vas essayer encore de prendre un bain.

Elle parvint à dormir un peu vers minuit puis s'éveilla à nouveau. Ses nerfs étaient tendus comme des cordes de violon et elle sentait une boule dans sa gorge. Elle avait la bouche sèche et ses mains tremblaient. Plus elle essayait de dormir, moins elle en était capable. Si elle s'assoyait, elle se sentait fatiguée et désirait s'allonger. Mais quand elle s'allongeait, la lutte qu'elle menait contre l'insomnie l'empêchait de dormir.

Au matin, elle était exténuée. Elle sentait qu'elle aurait enfin pu dormir mais l'idée que sa fille allait bientôt se lever et la réclamer la tenait éveillée. Elle entra dans la salle de bain et se vit dans la glace. Elle eut un mouvement de recul. Dans ses yeux cernés, ces cheveux en désordre, ces rides et cette peau pâle et desséchée, elle venait de reconnaître sa mère. Elle s'enfuit en courant vers la cuisine, se cognant l'épaule contre le chambranle de la porte. D'un geste haineux, presque suicidaire, elle empoigna la bouteille et la vida d'un trait. Cinq minutes plus tard, elle n'avait plus conscience de rien. À ce même instant, la petite Lise s'éveillait et après avoir babillé quelques minutes, descendait de sa couchette pour aller trouver sa mère. Elle la trouva inconsciente sur le plancher, à demi-habillée, le visage baignant dans une mare de vomissure. Ce devait être la première image assez frappante pour qu'elle la garde toute sa vie dans sa mémoire.

Andréanne avait vaguement conscience qu'un enfant pleurait quelque part. Elle ouvrit les yeux, c'est-à-dire un oeil, parce que l'autre était collé dans une substance séchée. Elle tenta de se lever, une fois, une deuxième puis y parvint à demi. D'où elle était, elle pouvait voir l'horloge sur le mur d'en face. Elle marquait trois heures trente. Mais Andréanne n'aurait pu dire si c'était le jour ou la nuit: la cuisine n'avait pas de fenêtre et il y faisait toujours sombre.

Dès qu'elle se redressa elle fut assaillie par la nausée. Des spasmes qui ne semblaient jamais devoir finir lui soulevaient l'estomac. Lise était près d'elle, essayant de l'aider à se relever en la tirant par un bras. Naturellement elle nuisait plus qu'elle n'aidait mais cette suprême humiliation de devoir se faire aider par sa fille fouetta la détermination d'Andréanne. Elle se mit debout en chancelant et s'appuya contre le comptoir de cuisine. Ses jambes étaient si faibles qu'elle craignait à tout moment qu'elles ne se dérobent sous son poids. Son coeur battait à toute allure et elle sentait chacun des battements se répercuter dans ses tempes.

- Je sus malade comme un chien. Qu'est-ce que je vas faire?

Dans son cerveau brûlant que la panique envahissait par coups comme une vague donnant l'assaut à une plage, elle entretenait avec elle-même un dialogue schizophrène comme

142

s'il eut été le produit d'un mécanisme d'horlogerie mal réglé qui avancerait d'un cran et reculerait de deux.

— Y'me reste queque chose à boire dans ma chambre.

Sur la table de cuisine, la bouteille de rhum gisait sur le côté. Mais il devait en rester dans celle qu'elle avait cachée à la tête de son lit.

— Tu trouves pas que t'as assez bu comme ça?

Elle plaidait.

— Juste une gorgée ou deux pour me remettre, pour être capable de décider ce que je vas faire ensuite. Après je boirai pus jamais.

Cet argument du démon tentateur coupa net les ailes de l'ange gardien car elle était tout à fait sincère dans sa croyance que les choses se passeraient effectivement ainsi. De peine et de misère, elle marcha en trébuchant vers la chambre à coucher, saisit la bouteille, la déboucha, et but en répandant sur elle plus de liquide qu'elle en buvait, ce qu'elle croyait être sa dernière gorgée. Puis elle s'assit sur le lit et attendit que l'effet se produise.

Quelques minutes plus tard elle parvenait à faire sa toilette et à s'habiller. Ce n'était pas du luxe. Elle avait des plaques de vomissure sur la joue, un oeil et les cheveux. Puis elle donna à manger à Lise qui, de toute façon, n'avait pas faim, car elle avait trouvé depuis longtemps la jarre de biscuits dans l'armoire et s'était copieusement servie.

— Je m'en faisais pour rien. C'était pas si grave que ça.

Elle s'avisa qu'il était presque l'heure d'aller travailler.

— Je prends une autre soirée de congé. Demain, ça va aller mieux. Je vas téléphoner.

Elle se sentait tellement mieux et en était si reconnaissante, qu'elle alla chercher la bouteille et se versa un verre d'une main presqu'assurée. Sa ferme résolution d'abstinence avait tenu trente-sept minutes vingt-deux secondes.

La soirée se passa comme celle de la veille et la nuit fut plus terrible encore. À un moment donné, il ne restait plus rien à boire. Alors elle se retrouva seule face à elle-même, fiévreuse, frissonnante, pleine de remords, d'angoisse et de dégoût. Elle était trop tendue pour dormir et pourtant elle se sentait tellement lasse.

Sans savoir pourquoi, elle prit le couteau de cuisine et vint se tasser sur le divan du salon comme un animal apeuré. Le couteau exerçait sur elle une étrange fascination. Elle passa son doigt sur le fil de la lame et vit apparaître une goutte de sang. D'un geste rageur, elle lança le couteau à l'autre bout de la pièce. Elle avait plus peur d'elle-même que des êtres grotesques qui apparaissaient par moment devant ses yeux.

- Je vas virer folle. Pis je vas me tuer.

Elle le souhaitait presque. N'importe quoi pouvu que tout cela finisse.

- Je peux pas rester tout seule. Je vas téléphoner à maman de venir.

Elle composa le numéro et laissa sonner une douzaine de fois. Craignant de s'être trompée, elle recommença mais sans résultat. La panique lui tordait l'estomac. Ce téléphone auquel on ne répondait pas lui paraissait son dernier rempart contre la folie et la mort.

- Le bonhomme.

Elle venait de penser à l'homme chauve qui l'avait visitée à l'hôpital.

- ... si jamais tu veux jaser ou que t'as besoin d'aide...

Le numéro devait encore se trouver dans son sac. Elle le trouva et en versa le contenu sur la table à café. Le bout de papier était là comme un diamant, parmi la monnaie, le peigne, la gomme à mâcher et le reste. Elle le saisit et reprit le téléphone.

- C'est Andréanne Richard. J'ai besoin d'aide.

Il ne demanda même pas de quoi il s'agissait. Sa voix était lointaine, enrhumée, endormie.
- Donne-moué ton adresse.

Elle s'exécuta.
- Je vas être là dans quinze, vingt minutes. En attendant, grouille pas, allonge-toué pis essaye de penser à une belle journée d'automne.

Il raccrocha et ce déclic lui sembla avoir l'épaisseur du mur de pierres d'un donjon. Elle s'allongea.
- ... une belle journée d'automne ...

Les feuilles tombaient et c'étaient des gouttes de sang contre l'éclaboussure desquelles elle se recroquevillait sur le divan. C'était l'hiver et des loups rôdaient, dansant autour d'elle en folle sarabande. La voix de son père et celle de la soeur racontaient en un duo mal assorti l'attaque des loups qui la déchiraient de leurs crocs. Elle voyait pendre des lambeaux de chair de ses jambes et le sang gicler. Elle faisait des efforts surhumains pour chasser ces visions.
- Une belle journée d'automne.

Elle réussit à recréer une scène paisible. Il avait suffi de voir les feuilles jaunes plutôt que rouges. Mais elle crut apercevoir des ombres mouvantes dans le sous-bois. Sa mère était étendue sur un lit de feuilles mortes. À nouveau, les loups venaient. Elle se leva d'un bond pour saisir le couteau de cuisine sur le plancher. Elle entendit frapper à la porte et se souvint que quelqu'un devait venir. Elle ne savait plus qui.

Elle ne le reconnut même pas mais ce n'était plus important. C'était quelqu'un et il prenait charge de tout.
- Tu vas t'habiller pis on va aller à l'hôpital.
- Je peux pas. Ma fille ...

145

Son ton n'admettait pas de réplique.

- Je vas revenir m'occuper d'elle après. Va t'habiller.
- Je peux pas.
- Je vas t'aider. Toute va ben aller ast'heure, tu vas voir.

Elle se laissa faire. Il la conduisit dans sa chambre et sans gêne, se mit à fouiller. Il lui tendit un pantalon et un chandail.

- Mets ça, je t'attends dans cuisine.

Son assurance était communicative. Cinq minutes plus tard, elle sortait appuyée sur son bras. Ils se rendirent directement à l'hôpital. Dans la salle d'urgence, Andréanne s'assit pendant qu'il répondait aux questions de l'infirmière de garde. Celle-ci remplissait la fiche d'admission, à partir de la carte d'assurance-maladie.

- Nom: Andréanne Richard
  Date de naissance: 22 octobre 1952.

Elle leva les yeux vers Andréanne qui ne s'occupait pas d'elle.

- Tiens, c'est votre fête aujourd'hui. Bonne fête, Madame.

Andréanne avait vingt ans.

CHAPITRE XII

Andréanne fut placée dans une chambre à quatre. Une de ses voisines était diabétique, l'autre avait fait une fausse couche et le dernier lit était vide. Mais il faut dire que pendant les deux premiers jours, elle ne se souciait pas le moins du monde de ce qui se passait autour d'elle: elle avait trop de mal à combattre ce qui se passait en elle pour s'intéresser à autre chose. On lui donna des vitamines par intraveineuses et lentement elle se sentit émerger comme un avion qui décolle par jour de pluie et qui bientôt se retrouve au-dessus des nuages.

Le médecin lui posa des tas de questions sur ce qu'elle avait mangé et bu. Elle répondit au meilleur de sa connaissance, c'est-à-dire en mentant à chaque question.

- J'avais mangé de la pizza. Ç'a dû mal passer.

C'était la deuxième fois qu'elle employait le même mensonge. Il n'était pas dupe.

- J'ai jamais vu la pizza attaquer le système nerveux comme ça. Vous avez dû boire trop de Chianti avec.

À brûle-pourpoint il demanda:
- Avez-vous déjà eu des pertes de mémoire?

Elle n'était pas trop sûre de ce que c'était et de plus, cet homme-là ne voulait que s'amuser à ses dépens. Elle fit l'indignée.
- Des pertes de mémoire? Moué? Jamais.
- Tu vas me faire croire que t'es meilleure que les autres, toué? Tu bois pendant quatre, cinq jours sans manger pis tu te rappelles de tout ce qui s'est passé. T'arrives icitte à quatre pattes pis tu me contes que t'as mangé de la pizza!

Le médecin avait abandonné son langage officiel pour la gronder comme une enfant. Elle en était aussi surprise que de constater son incrédulité.
- Ben, peut-être pas toute, toute...
- T'as pas besoin de me conter d'histoires. Je connais ça ben plus que tu penses. J'ai déjà passé par là moué aussi.

Il la regardait en souriant. D'un mot et d'un sourire, il venait de faire fondre sa carapace. Elle se mit à pleurer doucement.
- Je pense que j'ai un problème de boisson.

Elle avait dit cela très bas, entre deux sanglots, sans le regarder. Il se mit à rire de son air découragé.
- Ben moué je le pense pas, je le sais. Mais t'as pas besoin de prendre ça aussi mal. Tu sais, c'est la plus belle maladie du monde qu'on a, nous autres. On a rien qu'à pas boire pis on est en pleine forme. C'est pas ben difficile à soigner.

Comment pouvait-il dire cela et en rire? «Rien qu'à pas boire»... Alors qu'elle se mourait d'envie de prendre ce verre qui lui aurait permis de lui faire rentrer ses accusations dans la gorge. Elle se sentait comme un mourant auquel on enlève sa morphine.

Le médecin se levait déjà pour partir. Mais avant de passer la porte il se retourna vers elle.

- Savais-tu que ta mère est ici? Ça fait déjà quatre jours. Quand tu te sentiras mieux, tu devrais aller la voir. Elle est au deuxième. Je pense qu'elle en a pas pour trop longtemps.

Sa mère à l'hôpital et depuis quatre jours! Andréanne n'en revenait pas. Elle retourna longtemps ses paroles dans sa tête. L'euphémisme que le médecin avait employé était ambigu. «Elle n'en a pas pour trop longtemps...» avant de sortir de l'hôpital? ou avant de mourir? Mais elle se sentait trop faible et surtout trop secouée par son aveu pour se rendre auprès de sa mère.

- Je vas attendre à demain.

Au cours de la nuit, elle fut éveillée brutalement par la lumière qu'on avait allumée et s'aperçut qu'on amenait une patiente dans le lit voisin qui avait été jusque-là inoccupé.

Elle était horrible à voir, les cheveux ébouriffés, le visage tuméfié et une espèce de mousse à la bouche. On lui avait passé une de ces jaquettes d'hôpital ouvertes à l'arrière qui en montrent plus qu'elles n'en cachent et, par l'échancrure, Andréanne pouvait voir les chairs molles et rosâtres de son dos lacéré de cicatrices anciennes et d'ecchymoses plus récentes. Fascinée, Andréanne ne pouvait en détacher son regard. À ses cheveux gris, elle jugea que la femme devait avoir de soixante à soixante-cinq ans. Elle se débattait et il fallut trois infirmières pour la coucher dans son lit et l'y attacher solidement. Pendant tout ce temps, elle geignait et criait des injures. Andréanne demanda:

- Qu'est-ce qu'a l'a?

L'infirmière haussa les épaules avec dédain et ne répondit pas. Mais dans le lit d'en face, la femme qui avait fait la fausse couche répondit à sa place.

- C'est pas dur à voir. A l'est dans les bleus.

L'espace de quelques secondes, Andréanne se vit dans cette loque humaine et se dit:
- C'est ça qui t'attend, ma fille, si tu continues comme t'es partie.

Avec la vieille qui n'arrêtait pas de se plaindre et de s'agiter tout à côté, Andréanne ne dormit plus de la nuit.

En entrant dans la chambre, ce qui la frappa le plus, ce fut la maigreur de sa mère.
- Pourtant je l'ai vue y'a pas plus que trois, quatre semaines.
- Comment que ça va?

Annette n'avait plus le courage de mentir.
- Mal. Mais je m'en plains pas. Je savais que ça en viendrait là. Je commence à voir le boutte.
- Dites pas ça, maman. Vous savez ben que ça va revenir.
- Justement, je sais ben que ça reviendra pas. Y'a pus rien à faire pour moué Andréanne. Mais toué, t'as juste vingt ans.
- Moué, je sus ben correcte, maman.
- T'es pas ben correcte Andréanne. Si t'étais ben correcte, tu serais pas à l'hôpital.

Andréanne ne savait plus quoi répondre. Annette poursuivait:
- Tu te rappelles ton père? Comment y'avait de la misère à s'endurer pis à endurer les autres? Comment qu'y vous battait pour rien? Y commençait à vieillir pis y'était magané par son accident mais y'a jamais faite d'hôpital à cause de la boisson lui. Si t'es comme ça à vingt ans, comment c'est que tu vas être à cinquante ou à soixante?

150

Le médecin, la vieille et maintenant sa mère. C'était la troisième fois en moins de vingt-quatre heures qu'Andréanne était acculée au mur. Elle ne pouvait répondre.

- J'ai eu des nouvelles de Patrick la semaine passée. Y'est en prison pour deux ans. Une histoire de drogues pis de bataille. Ça me le disait aussi qu'y aboutirait là.

Me semble que je pourrais donc partir en paix, Andréanne, si vous aviez pas ces problèmes-là, toué pis Patrick.

Entendre que Patrick était en prison ne la surprenait pas beaucoup. À vrai dire, quand Andréanne pensait à lui, c'est exactement là qu'elle l'imaginait, comme si ce décor lui eût été naturel. Mais que sa mère, parlant des problèmes de ses enfants, la mette, elle, dans le même sac que lui, voilà qui lui dardait le coeur comme la pointe d'un poignard. Sa mère n'avait pas parlé de Claude, de Paul, de Marie-Ange, d'Alice, ni même du petit Jean qui n'avait pas fini l'école. Non, elle n'avait parlé que d'elle et de Patrick, comme de ses deux seuls problèmes alors qu'elle-même contemplait sa fin. Andréanne sentit qu'elle devait dire quelque chose et sans réfléchir, elle dit ce qu'elle crut que sa mère voulait entendre.

- Je peux rien faire pour Patrick mais pour moué, c'est fini maman. J'ai décidé de le régler mon problème. Je te le promets.

Revenue à sa chambre, elle réfléchit à ce qu'elle venait de promettre. Dans le lit voisin, la vieille geignait doucement.

- Ouais, c'est facile à dire ça, mais c'est pas si facile à faire.

Pourtant elle s'enfonçait dans sa résolution.

- C'est peut-être la dernière chose que je peux faire pour ma mère. Je vas le faire pour elle.

Andréanne ne fut hospitalisée que pendant cinq jours. Quand elle put enfin sortir, son premier soin fut de chercher sa fille qu'on avait placée chez une voisine, justement la même madame Cormier qu'Andréanne exécrait depuis la visite de la travailleuse sociale.

- Tabarnacle! Sept mille personnes dans ce village icitte pis fallait qu'y emmènent ma fille à c'te maudite chipie-là!

Elle était terriblement gênée de se présenter chez la voisine mais elle y trouva sa fille en pleine forme et la vieille ne lui fit aucun reproche. Avant de partir, elle crut qu'il était de mise de lui offrir de la dédommager.

- Comment c'est que je vous dois pour la petite?
- Rien pantoute. Pour dire le vrai, ça m'a juste désennuyée. Quand tu voudras sortir, gênes-toué pas pour me l'emmener.

Andréanne se mordit la lèvre. L'allusion était claire.

Il lui fallut aussi faire face à son patron. Heureusement, il ne connaissait pas les détails de sa maladie.

- Vas-tu être bonne pour venir travailler lundi? C'est pas pour te vanter mais ça marche ben mieux quand t'es là.

Andréanne reprit sa vie là où elle l'avait laissée, son petit appartement, sa fille et son travail avec la boisson en moins. Sans elle, c'était une routine invariable, une suite de journées grises où aujourd'hui n'était qu'une répétition terne d'hier et demain d'aujourd'hui. Andréanne se demandait parfois pourquoi elle vivait.

- On fait-t'y rien que vivre en attendant de mourir ou ben quoi? Y doit pourtant y avoir d'autre chose que ça dans vie!

Un dimanche après-midi où elle s'ennuyait particulièrement, elle eut l'idée d'appeler l'homme qui l'avait secourue au milieu de la nuit.

- Y faudrait au moins que j'y dise merci.

Au fond, ce n'était pas la gratitude mais la curiosité qui lui fit composer le numéro. Elle avait envie de parler à quelqu'un qui avait eu le même problème qu'elle, quelqu'un qui pouvait lui dire ce qu'elle devait faire ou ce qu'elle devait éviter. Elle avait essayé d'en parler à sa soeur et à une voisine mais elle s'était vite aperçue qu'elles ne la comprenaient pas. Marie-Ange avait dit:
- T'as rien qu'à pas boire si ça te rend malade de même.

Andréanne avait donc résolu de garder pour elle ses problèmes. Mais à la réflexion, elle se dit qu'elle pourrait en parler à cet homme et que peut-être, il la comprendrait.

Il n'était pas chez lui mais on répondit à Andréanne qu'elle aurait des chances de le rejoindre à la salle à dîner de l'hôtel Waverley. Elle décida d'essayer. Il y était effectivement. Andréanne ne savait pas du tout par quel bout commencer mais il ne sembla pas du tout surpris de son appel. Il ne demanda même pas comment elle avait réussi à le rejoindre.
- As-tu du café?

Elle s'attendait à tout sauf à ça.
- Du café? Ben sûr, j'ai du café.
- Plogue ta cafetière. Je vas aller te retrouver.

Elle se sentit curieusement heureuse car elle désirait cette visite plus que n'importe quelle autre. Elle se surprit devant la glace à se donner un coup de brosse dans les cheveux.
- Espèce de dinde. Es-tu rendue que tu vas pogner le kick su'le bonhomme, ast'heure?

Mais elle se méprenait sur son sentiment. Il s'agissait de tout autre chose.

Il s'installa presque comme s'il était chez lui. Il émanait de lui cet air d'assurance que donnent ceux qui se sentent à l'aise où qu'ils soient. Andréanne sortait les tasses et le sucrier.

- Je prendrais plutôt un verre d'eau frette.
- Je pensais que vous vouliez du café.

Il rit.

- Le café, c'était rien qu'une excuse pour venir te chanter la pomme un peu mais ast'heure que je sus t'icitte, j'ai pus besoin d'excuse. Pis à part de ça que tu vas m'arrêter les «vous» pis les «monsieur». J'ai quand même pas quatre-vingt-dix ans.

Andréanne faisait couler l'eau du robinet. L'expression «chanter la pomme» lui avait mis la puce à l'oreille. Elle se souvenait trop bien du Chinois. Il le sentit.

- T'as pas besoin de te rentrer les oreilles dans le crin. Je fais rien que faire des farces. Mais quand je te regarde comme faut, sais-tu que t'es belle fille. En tout cas, t'as l'air pas mal plus intelligente que t'avais l'air l'aut'nuitte.

Andréanne fit la grimace. C'était un souvenir qu'elle aurait préféré ne pas évoquer.

- T'as pas besoin de t'en faire pour ça. J'en ai déjà vus qui faisaient plus dur que toué, à commencer par moué.

Il était sérieux tout à coup. Il la regardait intensément et elle remarqua qu'il avait les yeux bleus.

- Je te blâme pas, je te juge même pas. Je sais moué que t'as pas fait exprès. Pas plus que moué pis pas plus que des millions d'autres qui ont fait pareil. Y'a été un temps quand je voyais un ivrogne en guenilles, tout sale pis la barbe longue couché su'le bord du trottoir que je pensais que c'était un maudit fou. Aujourd'hui j'ai changé d'idée. C'est pas possible qu'y soye comme ça par exprès, que ça soye ça qu'y veule. Es-tu capable toué de penser que c'est ça qu'y veut, une vie de même?

Andréanne fit signe que non. Elle écoutait avec avidité debout devant l'évier où l'eau coulait toujours. L'homme parlait son langage. Il lui semblait même connaître ce personnage imaginaire dont il parlait.

- Si c'est pas ça qu'y veut, pourquoi d'abord qu'y est comme ça?

Andréanne haussa les épaules pour montrer qu'elle ne savait pas.

- Ben moué je pense que je le comprends. Je sais pas combien de dizaines pis de centaines de fois quand je relevais d'une brosse que je me disais que j'en prendrais pus jamais. Pis j'étais sérieux à part de ça. Je me sentais malade pour mourir, pis je savais qu'un verre ou deux ça me remettrait su'le piton. Mais je toffais. Je me traînais à l'ouvrage. J'ai déjà perdu connaissance deux fois au pied de la même épinette avant de réussir à l'abattre. D'habitude, ça c'était le lundi matin. Le mardi ça allait un peu mieux. Rendu au vendredi, je faisais deux journées d'ouvrage dans une. J'étais faite de même pis pas seulement que dans la boisson, dans l'ouvrage, dans toute, toute. J'avais pas de limite. J'étais comme une couleuvre qui avale un crapaud. J'étais pas capable de juger la grosseur du crapaud pis je m'étouffais avec. Le vendredi soir, on remontait en ville. Là je me disais qu'une semaine pareille ça valait ben une bonne bière frette. Juste une bière avant d'aller voir la femme pis les enfants pis rapporter ma paye. Après trois ou quatre gorgées j'avais déjà décidé que j'en boirais une deuxième. Deux bières, c'est pas un crime pour un homme qui a travaillé fort toute la semaine. Les chums arrivaient pis y'en a un qui payait une traite. Fallait ben que j'en paye une moué aussi. Je me sentais au-dessus de toute pis le temps passait. Rendu à neuf heures je commençais à me dire que ma femme serait en beau crisse. Tant qu'à me faire donner le diable, j'étais aussi ben de me le faire donner pour une bonne raison ou ben d'attendre qu'a soye couchée avant de rentrer. Je finissais chez les bootleggers pis je rentrais pas pantoute ou ben donc je rentrais rien que le dimanche pis j'étais pas tout le temps beau à voir. Je commençais à me dégriser pour le lundi pour aller travailler. Je me traînais encore à l'ouvrage pis là, je m'en voulais pis je m'en faisais des promesses. La fin de semaine d'ensuite, je recommençais encore pareil. J'ai fait ça pendant quasiment vingt ans.

Il fit un geste vers l'évier.

- Tu peux fermer la champlure. L'eau doit être assez frette.

Andréanne se mit à rire.

- Vingt ans. Pis après vous avez décidé d'arrêter.

- Décidé d'arrêter! J'ai décidé ça cent fois par semaine pendant vingt ans. Non, là j'ai décidé de changer de manière. Fini le bois; j'ai acheté un magasin général. Je pensais régler le problème des lundis matins. Je l'ai réglé correct! Je pouvais boire toutes les jours, ç'a fait que j'avais un problème sept matins par semaine au lieu d'un.

Ç'a continué comme ça pendant encore douze ans. Y'a pas grand'chose qui m'est pas arrivé. J'ai fait des accidents, perdu mes licences, couché derrière les barreaux. Physiquement j'étais assez magané que j'aboutissais à l'hôpital quasiment à tout coup. J'ai arrêté de boire des centaines de fois. Ça durait quelques semaines, des fois quelques mois. Une fois, j'ai resté un an et demi sans boire. Y'arrivait tout le temps queque chose pour que je recommence: ma première femme est morte, ma plus vieille s'est mariée, j'ai gagné une loterie, mon premier petit-fils est venu au monde. Les mariages, les baptêmes, les funérailles, les gros lots, les Fêtes, il me semblait que ça pouvait pas se passer sans prendre au moins un verre. Ça finissait toujours pareil: trois semaines, un mois après, j'étais à l'hôpital encore une fois, malade comme un chien pis à me demander pourquoi j'avais recommencé.

- Pourtant, vous avez fini par arrêter.

156

- Oui, j'étais à l'hôpital y'a six ans passés, malade pis découragé. Y'arrive un gars que j'avais pas vu depuis plusieurs années pour me voir. Je me rappelais ben de lui, on n'en avait viré plusieurs ensemble. C'était un gars qui, quand y buvait, y'avait pus rien à son épreuve. Une fois, à Toronto, on avait été voir danser des strip-teaseuses. Y'était après me dire que ça devait être un bon métier ça, ben moins dur que bûcher. Pour le pomper un peu, j'y dis «toué, tu serais ben trop gêné pour te montrer le cul en public» «moué, trop gêné? J'irais n'importe quand.» «Tu serais pas game.» Y embarque su'l'estrade avec la danseuse pis y commence à se déshabiller en se déhanchant. La pauv'fille savait pus où se mettre. Tout le monde criait pour l'encourager à part du bouncer ben entendu. Cinq minutes après, la police arrive pis y passe les menottes. J'avais mon Kodak. J'ai encore le portrait chez nous. Mon gars flambant nu avec les menottes aux mains.

Figure-toué que c'est ce même gars-là qui m'arrive à l'hôpital. Ben habillé, la cravate au cou, y me dit qu'y est rendu agent d'assurance, que ça fait des années qu'y a pas pris un coup pis que son affaire est prospère. «Comment c'est que t'as faite?» que j'y demande. Y me répond: «Quelqu'un m'a dit que si je voulais pas me saoûler, j'avais rien qu'à jamais prendre mon premier verre, pis je l'ai cru.» Ben je l'ai cru moué aussi, parce que ç'a faite six ans le mois passé pis j'ai jamais repris de boisson. J'avais tout le temps pensé que c'était le dixième ou le vingtième verre qui me faisait perdre la tête. Quand j'ai compris que c'était la première gorgée, mon affaire s'est réglée. Ç'a pas été facile. Je m'étais remarié pis ma deuxième femme buvait autant que moué. Mes enfants voulaient pus me voir. Mais j'ai passé à travers pis aujourd'hui je peux dire sans me vanter que je sus heureux. Ma deuxième femme est morte elle aussi. Mes enfants sont grands. J'ai vendu le magasin pis je vis pratiquement de mes rentes. J'ai plus de temps pis d'argent pour boire que j'en ai jamais eu. Mais la différence, c'est que je veux pas boire pis que je fais ce qu'y faut pour pas recommencer. J'essaye d'apprécier ce que j'ai au lieu de me plaindre de ce que j'ai pas. J'aide aux autres pour pas m'ennuyer pis me prendre en pitié. Le temps passe pis je le vois. Le matin je sus content de me lever. Avant, en me levant je me disais: «Pas une autre crisse de journée comme hier.» Pis je me saoûlais la face pour pas la voir.

Andréanne était suspendue à ses lèvres.

- Ç'a l'air simple en vous écoutant.

- C'est simple aussi, mais c'est pas toujours facile. Dans vie, y'a toujours ben des affaires qu'on aime pas. Avant, je me saoûlais pour pas les voir. Aujourd'hui, j'essaye de changer ce que je peux pis accepter ce que je peux pas changer. Pour ça y faut que j'arrête de me conter des histoires, de me faire accroire que je peux changer le monde ou que ce qui m'arrive c'est la faute de Pierre, Jean, Jacques.

Les autres agissent pas toujours à mon goût. La seule chose que je peux y faire c'est de changer de goût ou de pas me laisser déranger par eux-autres. Le bonheur pour moué c'est rien que ça. Si t'aimes pas l'hiver pis le frette, t'as le choix entre déménager dans le sud ou changer ta manière de vivre jusqu'à temps que tu y trouves assez d'avantages pour y être à l'aise. Parce qu'une chose est certaine: l'hiver icitte ça va tout le temps être frette. Le montant de gin que tu bois peut pas changer ça plus qu'une couple d'heures. Pis si t'en prends trop, y vient un temps que tu pognes le shake même quand y fait chaud.

- Je veux ben vous crère mais ça me donnera pas un bon mari pis une belle maison.

- Pourquoi pas? T'as rien que vingt ans. T'as toute ta vie pour te trouver un homme pis bâtir ta maison. Mais y me semble que t'as plus de chance à jeun. Si t'es couchée dans ta vomissure sur le plancher de la cuisine, ça me surprendrait que les beaux gars riches fassent la queue à porte pour te demander en mariage.

Andréanne se mit à rire. Il avait une de ces façons de dire les choses.

- Mais encore mieux que ça. Si c'est pas dans ton destin d'en avoir un mari pis une maison, tu peux peut-être apprendre à t'en passer pis à être heureuse pareil.

- Ça empêchera pas ma mère de pourrir du cancer.

- La mort, ça fait partie des choses qu'on peut pas changer. C'est la chose la plus naturelle du monde. Tout ce qui vit doit mourir. Si on vient à bout du cancer, on va mourir de d'autre chose. C'est pas ça l'important. L'important, c'est d'être heureux pareil. On vit pour ça, être heureux, pis on a tellement de raisons de pas l'être. Y faut apprendre à pas en avoir peur pis à profiter de la vie, à jouir de ce qu'on a plutôt qu'à brailler sur ce qu'on voudrait. Si la mort qui est la chose la plus inévitable de la vie nous empêche d'être heureux, ça veut dire que c'est impossible de l'être pis qu'on a ben raison de noyer tout ça dans le whisky.

Je me rappelle d'avoir lu un livre où y disaient que, quand les premiers chrétiens regardaient venir les lions dans l'arène, y chantaient. Ça doit pas être ben drôle de se faire arracher la viande su'le dos par un lion. Mais eux-autres y étaient heureux, y chantaient.

Andréanne était déçue.

- Me semblait aussi que c'était une affaire de religion, votre histoire.

- Justement, c'est pas ça. Tel que tu me vois, ça fait des années que j'ai pas mis les pieds dans une église à part des mariages pis des enterrements. L'important pour moué, c'est de croire à la vie, celle qu'on est en train de vivre ou la prochaine, comme on voudra. Moué j'ai décidé que j'étais rien qu'un pauvre ignorant, que j'avais aucune idée de ce qui m'attendait de l'aut'bord mais que je ferais mon possible dans cette vie icitte pis après, ben je prendrais ce qui viendrait. Si y'en a d'autres qui connaissent mieux que moué,

159

tant mieux pour eux-autres. Tout ce que je veux, c'est être heureux pis je trouve qu'aujourd'hui, je réussis pas trop mal.

Andréanne prit une cigarette et en offrit une au visiteur.

- Ça empêche pas que ma mère se meure pis je sais pas comment que je vas passer à travers ça.
- Tu vas passer à travers. Nos mères finissent toujours par mourir, c'est normal. Dis-toué ben que la personne la plus importante dans ta vie, c'est pas ta mère pis c'est pas ta fille, c'est toué-même. Si ta mère meurt, toué faut que tu restes avec les vivants. Qu'y arrive n'importe quoi, le meilleur est toujours à venir pis ça fait rien que commencer.

Cette dernière parole frappa vivement Andréanne, elle ne savait pas pourquoi. Peut-être était-ce parce qu'elle avait besoin de cette lueur d'espoir. Longtemps après le départ du vieil homme, elle continua à penser: «Le meilleur est à venir.» En se couchant, elle essaya de se le représenter. Elle se sentait étrangement calme et en paix avec elle-même. Elle s'avisa tout à coup que depuis la visite de l'après-midi, elle n'avait pas eu soif. Elle dormit comme un nouveau-né.

CHAPITRE XIII

La mère d'Andréanne mourut six mois plus tard par une magnifique journée de printemps qui semblait déterminée à nier la réalité de la mort et à en décrier l'injustice profonde. Andréanne s'y attendait. Pendant tout l'hiver, elle avait épié sur le visage de sa mère les progrès de la maladie. En février, les médecins lui avaient dit qu'elle pouvait rentrer chez elle, que l'atmosphère familiale lui serait plus bénéfique que la chimiothérapie. Dans le langage médical, cela signifiait:

- Rentrez chez vous madame, nous ne pouvons plus rien pour vous. Allez mourir dans votre famille. Ici, nous luttons pour la vie et la présence des mourants n'est qu'un rappel inutile de notre impuissance et de notre échec perpétuel face à la mort.

Annette avait très bien compris. Alors elle était rentrée sagement chez elle. Elle y était seule, le petit Jean étant allé demeurer chez Claude pendant son séjour à l'hôpital. Sans offrir ses services ni demander la permission, Andréanne était venue prendre soin de sa mère. Elle avait laissé son emploi, son appartement et vendu ses meubles pour venir s'installer près d'elle avec sa fille. Pendant de longs mois, elle l'avait nourrie, lavée, changée et avait essayé par tous les moyens d'adoucir sa fin. En l'aidant à prendre son bain, elle avait dissimulé de son mieux sa pitié et son horreur devant la fragilité et la maigreur de ses bras, la blancheur de sa peau diaphane et son incapacité grandissante. Elle avait suivi le combat que la résignation et la révolte avaient livré en elle au moment où, comme tout être intelligent confronté à sa fin, sa mère se posait les deux questions auxquelles nul n'a jamais su répondre autrement que par une foi aveugle en un au-delà pourtant inconnu et problématique: «Pourquoi moi?» et «Pourquoi maintenant?» Ces questions, Andréanne se les était posées avec elle et elle avait compris la solitude profonde de la mort qui est la seule étape de la vie que chacun doit franchir absolument seul.

Elle avait accueilli la mort de sa mère avec un mélange de soulagement et de découragement mêlé de tristesse profonde. Soulagement parce qu'enfin ses souffrances étaient terminées, découragement et tristesse parce que la mort de sa mère transformait son monde, en enlevait la saveur et l'éclat. Le soleil pourtant si radieux, lui semblait terne parce qu'il ne brillait plus pour elle. La tristesse devant la mort d'autrui est le sentiment le plus égoïste qui soit. La mort était pour Annette l'aboutissement normal, souhaitable même de sa maladie. Ce qu'Andréanne pleurait, ce n'était pas sa mère mais cette partie d'elle-même qui mourait avec elle, son enfance, son sentiment de sécurité, de permanence et d'appartenance, et partant, sa joie de vivre.

La vie est une lutte constante, on l'a dit souvent. Mais dans certains de ces engagements, la victoire nous est acquise d'avance par le seul fait que nous y croyons fortement, alors que, dans d'autres, le combat est terrible et

162

l'issue incertaine jusqu'à la toute fin. Au salon funéraire et plus tard à l'église, Andréanne traversait une de ces crises où elle devait constamment réprimer une envie folle de dénoncer cette mascarade, ce rituel, ces incantations et par delà cette horrible farce qu'est la vie, si cruelle, si injuste, si inhumaine qu'elle ne pouvait avoir été inventée que par un être supérieur maléfique que pourtant toute la liturgie funèbre se plaisait à qualifier d'infiniment bon. Dans les condoléances de la famille et des amis, elle ne voyait que leur complicité avec ce cirque grotesque.

- Si ça peut finir...

Elle avait un plan en tête. Elle connaissait un remède infaillible à ce mal qu'elle éprouvait jusqu'au plus profond d'elle-même.

- Je me sus laissée pogner à leu'beaux discours mais en sortant de l'église, j'embraye vers l'hôtel. J'ai fini de crère le premier beau parleur que je rencontre.

Des bribes de conversation lui revenaient:

- ...la personne la plus importante dans ta vie, c'est pas ta mère ou ta fille, c'est toué-même...
- ...le meilleur est à venir...

La rage la prenait.

- Si c'est ça leu'meilleur, y peuvent le garder. La personne la plus importante de ma vie va aller virer une brosse.

La cérémonie prit fin. Pendant qu'on déposait le cercueil dans le corbillard, Andréanne guettait sa chance de s'esquiver sans être remarquée. Elle avait déjà confié Lise à sa belle-soeur. Elle était libre de faire ce que bon lui semblait et l'image d'une bouteille de rhum était imprégnée dans sa tête.

- Je t'emmène prendre un café.

Elle sursauta et releva la tête. Près d'elle, Victor la regardait en souriant doucement. C'était bien la dernière personne qu'elle voulait voir. Elle protesta:

- J'ai eu assez de sermons pour aujourd'hui.

Il continuait à sourire.

- O.K. Pas de sermons. Promis. Mon char est à côté.

Elle se laissa entraîner sans dire un mot. Il parlait de tout et de rien, du temps qu'il faisait, de la pêche et de son jardin qu'il venait de semer. Elle l'interrompit sèchement:

- J'ai pas le goût de parler des jardins à matin.

Il se mit à rire:

- Je m'en doutais. Aimerais-tu mieux qu'on parle du Bacardi?

Elle le regarda incrédule et se demanda un moment s'il n'avait pas des dons de divination. Il s'en aperçut.

- C'était pas trop difficile à deviner. J'ai perdu ma mère, mon père, une soeur pis deux femmes. Je sais à quoi on pense après le service. Du Bacardi, c'est ben ça que tu buvais? Y'en avait deux, trois bouteilles à traîne chez vous, la nuite que tu m'as appelé.

- J'ai une maudite envie d'aller à l'hôtel.

Il haussa les épaules.

- C'est normal. C'est pour ça que je sus venu. Mais faut pas que tu te laisses aller. La vie est trop belle pour la gâcher pour trois, quatre heures d'oubli. Ta mère est morte. Toué t'es ben vivante. Pis y fait beau comme y'a pas faite depuis six mois.

Andréanne regarda autour d'elle. C'était vrai. L'herbe verte pointait partout. Dans les plates-bandes, les tulipes s'ouvraient au soleil. Andréanne respira fortement l'air pur du printemps. Déjà, elle se sentait beaucoup mieux.

- Ben sûr, l'automne va revenir pis l'hiver aussi. C'est pas la dernière fois non plus que tu vas à des funérailles.

La dernière fois, ça va être les tiennes. Ça change rien au fait que la vie vaut la peine d'être vécue, pis ben vécue, pas échangée contre des rêves pis des promesses.

- Y'a des fois que je me demande si ça vaut la peine de vivre.

- Tout le monde se pose cette question-là un jour ou l'autre. Mais moué, y me semble que la question qu'on devrait se poser, c'est plutôt comment faire pour que ça vaille la peine. Ça revient à dire que ça vaut la peine si on décide que ça vaut la peine, pis qu'on s'organise en conséquence. Tu sais, on n'est sûrs de rien. Ceux qui disent qu'y le sont pis qui essayent de convaincre les autres font ça ben plus pour se convaincre eux-autres mêmes qu'y ont raison.

Moué, je pars juste du fait que j'sus là pis que jusqu'à preuve du contraire j'sus t'en vie. Pis, j'essaye de voir ce que je peux faire avec ça. La vie c'est un peu comme quequechose qu'on trouve su'le bord du chemin. On n'est pas trop sûr à quoi ç'a servi dans le passé, pis encore moins à quoi ça peut servir dans l'avenir. C'est rien qu'en l'essayant de toutes les manières possibles qu'on réussit à faire quequechose d'utile ou de beau avec.

J'ai fait des quantités de gaffes avec la mienne surtout quand j'essayais de faire comme un tel ou un tel autre jusqu'à temps que je comprenne que j'étais pas un tel, ni un tel autre, pis que je décide de vivre ma vie à moué. Mes expériences m'ont servi surtout à me montrer ce qu'y fallait que j'évite. La boisson par exemple. Je pense que ton expérience à toué te montre pas mal la même chose.

À partir de ça, j'expérimente. Un moment donné je m'étais mis dans tête de faire de l'argent. J'ai bâti des appartements. Ben sûr, j'ai faite queques piasses avec ça. Mais j'avais tout le temps un locataire su'le dos pour faire arranger un tuyau ou changer une fuse. Ça me tannait pis ça m'empêchait de dormir. Ça fait que j'ai décidé que j'aimais mieux dormir la nuitte que d'avoir de l'argent.

C'est toujours pareil. Le mariage, l'argent, le sexe, l'ouvrage, les amis, les loisirs, y'a pas une situation idéale. Y faut que toué tu te trouves une situation par rapport à chacune de ces affaires-là où toué t'es à l'aise. Faut pas que t'essayes de copier ce qu'un autre fait parce que des fois ce qu'un autre fait pis qui le rend heureux, toué ça peut te rendre malade pis malheureuse en maudit. C'est pour ça qu'y faut que tu laisses faire les autres pis pas les critiquer. C'est toué la personne la plus importante de ta vie. T'es la seule personne que tu peux rendre heureuse ou malheureuse.

- Comme c'est là, ça va pas trop fort mon affaire.
- Essaye de voir pourquoi. Non, essaye plutôt de voir si c'est vrai avant. Fais-toué une liste de ce qui va pis de ce qui va pas. Des fois on est surpris de voir que ça va ben mieux qu'on pense. Oublie pas su'ta liste les choses ben évidentes comme le fait que t'es jeune, t'es en santé, pis pas trop désagréable à regarder. Ensuite, tu prendras ce qui va pas pis t'essayeras de voir ce que tu peux faire pour le changer. Y'a rien d'impossible tu sais. On se met nous autres mêmes nos limites, pis on les met où on veut les mettre.

Il s'interrompit:
- As-tu changé d'idée à propos des sermons?
- Quels sermons?
- Tu disais que tu voulais pas de sermons.

Elle se mit à rire.
- Je pense que ça dépend du prédicateur.

Il regarda sa montre:
- Ça doit faire une vingtaine de minutes qu'on parle?
- À peu près. Pourquoi?
- As-tu pensé à l'hôtel depuis qu'on parle?
- Non.
- Sais-tu pourquoi?

- Non.

- Parce que tu pensais à d'autre chose de plus important.

- Oui, vous m'aviez offert un café, mais du train qu'on
est partis là...

- Viens-t'en d'abord. Si y manque rien que ça à ton
bonheur, on va se trouver un restaurant.

CHAPITRE XIV

De la même façon qu'il est certain que la mort vient à la fin de la vie, la joie suit toujours la peine, le calme la tempête et le printemps l'hiver. Au moment même où Andréanne se demandait ce qu'elle allait faire maintenant qu'elle n'avait plus d'emploi ni de logis sauf celui de sa mère qu'elle devait laisser à la fin du mois, une annonce dans le journal retint son attention.

La Garderie Bouts de Choux cherche jeune femme disponible immédiatement. Salaire attrayant.
Conditions de travail flexibles. Idéal pour
femme ayant un (des) enfant(s) en bas âge.

Suivait un numéro de téléphone. Andréanne le composa. Vingt minutes plus tard, elle avait un emploi.
- Ast'heure que j'ai une job, je pourrais peut-être garder l'appartement de maman, si y'est pas promis.

Elle appela le propriétaire.
- Pas de problème, si tu veux, on va juste refaire le même bail à ton nom.

Il n'était que trop content que son appartement se loue de lui-même, sans avoir à faire passer des annonces et sans ces déménagements qui endommagent tant les murs et les planchers.

Andréanne se sentait bien. Sa liste de ce qui n'allait pas venait de raccourcir de ses deux points les plus importants.

- Qu'est-ce que je ferais ben pour fêter ça?

Elle pensa à l'hôtel, Oiseau, Fond-de-Tombe et les autres qu'elle n'avait pas vus depuis belle lurette.

- J'aurais pas besoin de boire. Je prendrais un coke. J'ai besoin de sortir, de voir du monde. Je sus sûre que madame Cormier pourrait garder Lise.

Dix minutes plus tard elle entrait à l'hôtel. Comme d'habitude, Yvon était derrière le comptoir.

- Salut la p'tite. T'en viens-tu voir pour une job?

- Non, je te remercie pareil mais je viens juste voir la gang.

- J'ai ben peur que la gang sera pas grosse après-midi. Fond-de-Tombe est rentré à l'hôpital la semaine passée. Ça me surprendrait qui en ressorte vivant. Paquette-les-Oreilles est parti ça fait déjà deux mois. Y'a pas dit à personne où c'est qu'y s'en allait. Y'a Oiseau là dans le coin, mais a chante pas fort de ce temps-là.

Andréanne s'approcha et vint s'asseoir à la table où se trouvait la jeune fille.

- Bonjour. Comment ça va?

Oiseau ne répondit rien. Elle était comme d'habitude outrageusement fardée et maquillée, mais même sous le rouge, le noir et la poudre, Andréanne pouvait voir ses traits tirés. Elle porta son verre à ses lèvres. Sa main était mal assurée et elle tremblait.

- Si t'es venue me faire la morale ast'heure que t'es passée de l'aut'côté, tu perds ton temps.

Andréanne eut un mouvement de recul. Elle retint à temps les mots qui lui venaient aux lèvres et essaya de sourire.

- Si tu le prends comme ça je peux m'en aller. Mais j'aime pas ça te voir de même. J'aimerais ça jaser un peu avec toué.

- Dis-le donc que je sus rien qu'une putain, pis que je fais dur.

Oiseau pleurait.

- J'ai pas dit ça. Je l'ai même pas pensé.

Oiseau n'écoutait pas. Elle parlait comme si elle avait été seule.

- Pour commencer, t'as arrêté de boire, pis ensuite Paquette est parti. On était supposé de partir ensemble mais un bon matin, y'était pus là. Ensuite, Fond-de-Tombe qui rentre à l'hôpital. Le vieux maudit, je sus certaine qu'y a tombé malade juste pour me faire enrager, pis que je reste tout seule.

Andréanne ne put s'empêcher de rire.

- Ben non, voyons donc. Y t'aimait ben Fond-de-Tombe.

- Tu peux rire tant que tu voudras, mais moué, je sais que tout le monde m'en veut.

Andréanne voyait bien qu'elle faisait une crise d'apitoiement et essaya de lui changer les idées en parlant de sa fille et du nouveau travail qu'elle allait commencer. L'autre ramenait infailliblement la conversation sur elle-même. À la fin, Andréanne décida de prendre congé, mais avant de partir elle laissa glisser:

- Ça me ferait plaisir que tu viennes prendre un café chez nous un bon soir. Si jamais ça te tente, c'est l'ancien numéro de téléphone de maman. Y'est encore à son nom dans le livre.

Deux semaines plus tard, elle avait complètement oublié cet incident et dormait à poings fermés quand elle entendit sonner le téléphone. Lente à se réveiller, elle laissa sonner trois ou quatre fois.

- Qui c'est que ça peut être?

Elle décrocha. Elle entendit respirer bruyamment au bout du fil.

- Qui est-ce qui est là?
- Andréanne, j'ai besoin d'aide.
- C'est Oiseau ça? Qu'est-ce qui se passe?
- J'ai peur Andréanne, je me sus rouvert les poignets.
- Où c'est que t'es?
- Dans ma chambre.
- Grouille pas de là. On va arriver aussi vite que possible.

Andréanne était tout à fait réveillée.

- J'envoye l'ambulance, pis après je m'habille pis j'y vas.

Elle fonctionnait avec précision et méthode, comme si elle avait passé sa vie à répondre aux urgences la nuit.

Oiseau habitait une garçonnière au troisième d'un vieil immeuble. Quand Andréanne y parvint, l'ambulance était déjà là. On embarquait la jeune femme.

- Comment c'est qu'a l'est?
- On était à temps je pense ben. A l'avait pas encore perdu connaissance.

Andréanne remercia le ciel en regardant l'ambulance s'éloigner. Elle n'avait plus rien à faire que de retourner se coucher. Elle était venue à la course. Elle repartit au pas, sans se presser. La nuit était fraîche mais magnifique. Elle se sentait délicieusement vivante.

- J'y ai peut-être sauvé la vie. Un peu comme Victor quand je l'ai appelé. Je vas aller la voir demain, à l'hôpital. Je peux peut-être l'aider. Si a savait comme la nuitte est belle...

Puis elle pensa que des milliers, peut-être des millions d'hommes et de femmes de par la planète s'empêchaient délibérément de jouir d'une belle nuit d'été par peur de la vie. Elle réalisait pleinement l'étendue du changement qui s'était produit en elle depuis moins d'une année. Elle pensa à Victor qui était en partie responsable de ce changement puis elle pensa aux premiers chrétiens dont il lui avait parlé, ceux qui chantaient en voyant venir les lions et elle eut la conviction profonde que, quand ses lions à elle viendraient, elle saurait, elle aussi, chanter.

Achevé   Imprimerie
d'imprimer Gagné Ltée
au Canada Louiseville